Contes et fables d'Afrique

10 contes d'Afrique noire
The ox of the wonderful horns and other African folktales
© 1971 by Ashley Bryan pour le texte et l'illustration.
Beat the story-drum, pum-pum.
© 1980 by Ashley Bryan pour le texte et l'illustration.
Published by arrangement with Atheneum Publishers - New York
© 1998, Castor Poche Flammarion pour la traduction française.

37 fables d'Afrique
© 1980 Jan Knappert
Published by arrangement with Evans Brothers Limited.
© 1980 Evans Brothers Limited pour l'illustration.
© 1998, Castor Poche Flammarion pour la traduction française.

20 contes du Niger
© 1985, Castor Poche Flammarion pour le texte et l'illustration.

Chacun de ces romans fait l'objet d'une édition indépendante
dans la collection Castor Poche Flammarion.
© 2002, Castor Poche Flammarion
pour la présente édition.

ASHLEY BRYAN
JAN KNAPPERT
JEAN MUZI

Contes et fables d'Afrique

10 contes d'Afrique noire, p. 5
37 fables d'Afrique, p. 149
20 contes du Niger, p. 231

Castor Poche Flammarion

Titres originaux :
The ox of the wonderful horns and other African folktales.
Beat the story-drum, pum-pum.

ASHLEY BRYAN

10 contes
d'Afrique noire

Traduit de l'américain par Rose-Marie Vassallo

Illustrations de l'auteur

Castor Poche Flammarion

Ashley Bryan

Le conteur et illustrateur est né à New York. Après des études artistiques à l'université Columbia, il a beaucoup voyagé et effectué de nombreux séjours en Europe (notamment en France) et en Afrique noire. Il enseigne les arts décoratifs au Dartmouth College, dans le New Hampshire (USA).

Rose-Marie Vassallo

La traductrice vit en Bretagne, près de la mer, avec son mari et ses quatre enfants, grands dévoreurs de livres.

« Lorsque l'on vient de lire un livre et d'y prendre plaisir, dit-elle, on éprouve le désir de le propager. Et l'on s'empresse de le prêter à qui semble pouvoir l'aimer. Mon travail de traductrice ressemble à cette démarche ; j'essaie par là, tout simplement, de partager ce qui m'a plu.

« Ce que je trouve prenant, dans ces contes, c'est moins le dépaysement (pour cause de singes et d'éléphants) qu'au contraire une certaine impression de retour aux sources, le sentiment de renouer avec un pays perdu, plus lointain, plus profond encore que celui de l'enfance enfuie, peut-être le "vieux vieux temps" d'Henri Pourrat, le temps de la tradition orale, des contes égrenés à la veillée en cardant la laine ou en cassant les noix. L'attendu et l'inattendu, le déroutant et le familier s'y marient avec un bonheur désarmant. »

*Frères et sœurs,
les cinq premiers contes sont pour vous,
Charlie, Vanessa, Ashley,
Valerie, Denise – un chacun !
Les cinq suivants
sont à la mémoire de ma sœur Emerald.*

11

Anansé l'araignée cherche un imbécile à berner

Conte ashanti - Côte d'Ivoire

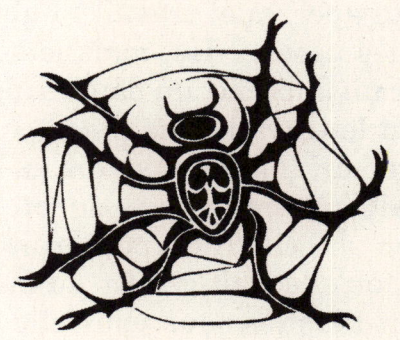

Je n'ai jamais dit – je ne dirai jamais – que cette histoire est tout à fait vraie. Pourtant, écoutez plutôt. C'est l'aventure de l'araignée qui cherchait un imbécile.

En ce temps-là, il y a très longtemps, Anansé l'araignée vivait au bord de la mer. L'océan regorgeait de poissons, le long des côtes de ce pays.

Du poisson, mais aussi des crabes, des homards, des langoustes… De quoi faire festin tous les jours – à condition, bien sûr, de se donner la peine de pêcher. Or l'araignée n'aimait pas beaucoup se fatiguer.

— Ah, que j'aimerais prendre du poisson et le vendre ! soupirait-elle. Seulement, pour l'attraper, quel travail ! Fabriquer des nasses, les poser… Hé, mais je sais ce qu'il me faut : un imbécile, un pauvre nigaud, pour faire tout le travail à ma place.

Trouver un imbécile, se disait l'araignée, ce n'était sûrement pas sorcier. Elle en ferait son associé. Il lui pêcherait des tas de poissons qu'elle irait vendre au marché. Elle garderait tous les sous pour elle et deviendrait riche, riche, cousue d'or.

— Mon imbécile, pour le prix de sa peine, je lui laisserai un poisson ou deux, de ceux dont les clients ne veulent pas, et peut-être un crabe les jours de fête. Mais pas de sous, c'est évident, pas de sous. Qu'est-ce qu'un imbécile irait faire de sous ?

Et l'araignée se mit en route, à la recherche d'un imbécile.

Elle entra dans le village en lançant à tous les échos :

— Un imbécile ! Il me faut un imbécile !

Elle avisa une femme qui tournait la soupe dans un grand chaudron.

— Je cherche un imbécile, pour pêcher à ma place.

Mais l'autre éclata de rire en brandissant sa cuiller de bois.

— Un imbécile ? Ce n'est pas ce qui manque ! J'en vois passer à chaque instant. Sur ce chemin d'où tu viens, justement !

L'araignée ne savait trop qu'en penser. Elle poursuivit sa route. Elle arriva sur la plage, s'approcha d'un pêcheur qui ravaudait son filet.

— Je cherche un imbécile.

— Un grain de mil ?

— Un imbécile.

— Un crocodile ?

— Non ! Un imbécile. Un nigaud, quoi !

— Ah, un magot ! Pardi, moi aussi. Mais tu penses bien que si je m'en trouve un, je me le garde.

— J'ai dit : un IM-BÉ-CI-LE ! corna l'araignée.

Et elle s'en fut en marmottant. Un imbécile, elle en tenait bien un, oui – mais sourd comme un pot.

Elle eut beau chercher, rien à faire. C'était partout le même refrain. Des imbéciles, elle en voyait. Elle en voyait même partout. Mais pas un seul ne faisait l'affaire.

Elle allait se décourager quand arriva le faucon. Elle décida de ruser :

— Oh, bonjour, frère Faucon. Si tu venais avec moi pêcher ? Tu m'aiderais à poser des nasses.

Mais le faucon avait l'ouïe fine. Ce que cherchait l'araignée, il le savait très bien. Il n'avait rien d'un imbécile et ne comptait pas se laisser berner.

— Et pour quoi faire, poser des nasses ? Je n'ai pas besoin de poisson, moi. J'ai de la viande à foison.

Mais du haut de son arbre le corbeau avait tout entendu. Il descendit d'un coup d'aile et dit à l'araignée :

— Poser des nasses ? Et pourquoi pas ? Je viens avec toi.

L'araignée en sauta de joie.

— Attends-moi là, Corbeau. Je vais chercher mon coutelas. J'en ai pour deux minutes.

Le corbeau attendit à l'ombre d'un fromager*. Mais sitôt l'araignée hors de vue, le faucon vint le trouver.

— Frère, méfie-toi d'Anansé. Tout ce qu'elle cherche, c'est un imbécile, pour faire le travail à sa place. Et quand le poisson sera pris, dis-toi qu'elle compte aller le vendre et se garder tous les sous pour elle.

— Hé là, dit le corbeau. Je n'en savais rien, moi ! Mais maintenant je sais. Merci, Faucon. Ne m'en dis pas plus, j'ai mon idée. Je vais faire semblant d'être d'accord avec Anansé, et nous verrons qui de nous deux fera tout le travail et qui se gardera les sous.

L'araignée revint bientôt avec son coutelas.

— Viens, Corbeau. Allons dans la brousse couper des tiges de palmier pour nos nasses.

Au pied du premier palmier, le corbeau dit à l'araignée :

— Anansé, donne-moi ce couteau. Je vais couper les tiges. Toi, tu restes assise ici et tu prends ma fatigue, d'accord ?

---

* Fromager : très grand arbre tropical, à fruits couverts d'une ouate végétale, le kapok.

Mais l'araignée n'était pas d'accord.

— Holà, Corbeau, tu me prends pour quoi ? Pour une imbécile ? Non non, c'est moi qui coupe. Toi, tu restes assis là et tu te charges de toute la fatigue.

Et l'araignée coupa, coupa, des heures durant, tandis que le corbeau se prélassait à l'ombre en poussant de grands soupirs épuisés.

Les tiges coupées, le corbeau aida l'araignée à les lier en botte et déclara :

— Allons, Anansé, laisse-moi porter ce fardeau. Toi, tu n'as qu'à me suivre. Je te laisse la fatigue et le tour de reins.

— Taratata, Corbeau ! Tu me prends pour quoi, pour une imbécile ? Pas question. Aide-moi plutôt à charger ce paquet sur ma tête. C'est moi qui le porterai, pas d'histoires. A toi la fatigue et le tour de reins.

Et le corbeau se contenta de suivre, en soupirant et gémissant à la perfection, comme s'il souffrait le martyre à chaque pas. Anansé l'araignée transportait le fardeau.

Devant la case de l'araignée, le corbeau l'aida à se décharger et déclara :

— Et maintenant, laisse-moi fabriquer ces nasses. Mais si, mais si, laisse-moi faire. A toi la fatigue et les crampes aux doigts.

— Jamais ! dit l'araignée. Tu veux rire. Si quelqu'un s'y connaît en tissage et vannerie, c'est bien moi. Laisse-moi tresser ces tiges et à toi la fatigue.

Le corbeau se vautra sur la meilleure natte de la case, et se mit à gémir, à geindre, à soupirer avec plus d'ardeur que jamais.

— Imbécile, dit l'araignée. Tu n'as donc rien dans la cervelle ? A t'entendre on te croirait à l'article de la mort.

Et elle se mit à l'ouvrage. Et croise, et tords, et tisse et tresse, au bout d'un long après-midi elle avait confectionné deux belles nasses.

Le corbeau sauta sur ses pattes.

— Anansé, cette fois, sois gentille. Laisse-moi porter ces nasses à l'eau. A ton tour de prendre la fatigue. Moi je n'en peux plus, tu sais !

— Tiens donc ! dit l'araignée. Sûrement pas ! Je les ai fabriquées, je les transporte. Toi, suis-moi, et prends la fatigue. D'ailleurs tu fais ça très bien.

Et ils descendirent au rivage. L'araignée allait à pas comptés, les nasses en équilibre sur sa tête. Le corbeau suivait, traînant la patte, avec des gémissements à faire frémir la brousse entière.

Au bord de l'eau, le corbeau dit :

— Anansé, tu ne le sais peut-être pas, mais une bête féroce habite là, dans la mer. Laisse-moi me mettre à l'eau et poser ces nasses. Et si jamais la bête me mord, à toi de mourir à ma place.

— Turlututu, dit l'araignée. Ce n'est tout de même pas que tu crois que je vais dire oui ? Non non, ces nasses, c'est moi qui les pose. Si la bête me mord, tu meurs.

Et l'araignée s'en fut patauger, poser les nasses, les garnir d'appâts. Pendant ce temps, les pattes au sec, le corbeau la regardait faire. Puis tous deux rentrèrent se coucher dans la case de l'araignée.

Le lendemain, au petit jour, ils descendirent en hâte au rivage. Dans chaque nasse, il y avait un poisson. Le corbeau dit à l'araignée :

— Deux poissons, quelle chance, Anansé ! Ces deux-là, prends-les, ils sont pour toi.

Demain, il y en aura quatre, et ce sera mon tour de les prendre.

— Tricheur ! s'écria l'araignée. Tu me prends pour quoi, pour une imbécile ? Merci bien. Ces deux poissons, tu peux te les garder. Demain, c'est moi qui prendrai les quatre.

Le corbeau prit les poissons sans se faire prier. Avec une poignée de manioc, un peu d'huile et des épices, il se mijota un bon *foutou** et s'en régala tout seul.

Le lendemain, de bon matin, le corbeau et l'araignée retournèrent inspecter les nasses. Il y avait là quatre poissons. Le corbeau dit à l'araignée :

— Quatre poissons, quelle chance, Anansé ! Prends-les, ils sont à toi. Les prochains seront pour moi. Demain, avec tout cet appât, il y en aura bien huit au moins !

Mais l'araignée se récria :

— Dis donc ! Tu crois que je vais me laisser faire ? Ces quatre-là, prends-les, je n'en veux pas. Demain les huit seront pour moi.

Le corbeau prit les poissons et les mit à

* Plat complet africain aux innombrables variantes (viande ou poisson plus céréales).

frire tous les quatre. Il se mitonna un foutou de roi et n'en laissa pas une miette.

Le lendemain, dans les nasses, il y avait huit poissons superbes. Le corbeau dit à sa commère :
— Huit poissons, et des gros ! Tu en as de la chance, Araignée ! Allons, prends-les, moi j'attends demain. Il y en aura seize, c'est certain. Et ils seront pour moi, bien sûr.
— J'aimerais voir ça ! dit l'araignée. Non mais, tu me prends pour une imbécile ? La pêche d'aujourd'hui, je te la laisse. Je me réserve celle de demain.

Le corbeau prit les poissons et les mit à cuire au four. Il s'en fit un foutou d'empereur qu'il eut peine à terminer.

Le lendemain, dans les nasses, il y avait bel et bien seize poissons. Mais ils s'étaient tant trémoussés, tant débattus, tant démenés, que les nasses avaient triste mine. Le corbeau dit à l'araignée :
— Anansé, regarde-moi ça. Ces pauvres nasses ont piètre allure. Elles ne prendront plus un seul poisson… Mais je parierais que

sur le marché il se trouverait encore un imbécile pour les acheter. Prends ces poissons, laisse-moi les nasses. Je me fais fort d'en tirer bon prix.

L'araignée faillit se fâcher.

— Hors de question, mon cher Corbeau. Les poissons, c'est toi qui les prends. Tu en feras ce que tu voudras, mais moi je vais vendre ces nasses et le magot que j'en tirerai sera pour moi.

Le corbeau prit les seize poissons, l'araignée ce qu'il restait des nasses, et tous deux se rendirent au village voisin, un peu plus loin dans les terres. Là, ils s'installèrent sur la place du marché.

Le corbeau n'avait pas plus tôt étalé ses poissons tout frais qu'une nuée d'acheteurs se pressait alentour. En un clin d'œil il eut tout vendu. Il aurait eu trente-deux poissons qu'il les aurait vendus tout pareil. Ou soixante-quatre, ou même cent vingt-huit. Mais peu lui importait. Sa bourse était pleine, il était content.

Ses clients dispersés, le corbeau retrouva l'araignée, toujours accroupie seule dans son coin, avec ses deux nasses à vendre. Il alla lui porter conseil :

— Mais ne reste pas plantée comme ça ! Promène-toi avec ta marchandise. Fais voir aux gens tes belles nasses patinées. Crie bien fort que tu veux les vendre, qu'elles vaudraient une fortune chez un antiquaire ! Allez, un peu de publicité, quoi, fait entendre ta voix !

L'araignée sauta sur ses pieds et cria, tout émoustillée :

Qui veut des nasses, un vrai trésor ?
Antiques et belles et tout usées,
La fine fleur des beaux objets ?
Je les cède contre leur poids d'or ?

Le chef du village, à ces mots, manqua de s'étrangler. Qui osait lancer pareilles sottises sur sa grand-place ? Qui prenait les siens pour des imbéciles ? Il appela ses gardes :

— Dites, d'où sort-il, j'aimerais le savoir, l'énergumène que j'entends là ? Qu'on me l'amène immédiatement.

L'araignée ne se fit pas prier. Déjà elle calculait combien d'or ou de riches coquillages elle allait retirer de cette vente. Mais la grosse voix du chef l'arracha à son rêve :

— Holà, toi ! Dis voir un peu ! Où te crois-tu ? Au royaume des imbéciles ?

L'araignée se mit à trembler.

— Ton ami Corbeau est venu nous vendre du poisson splendide, et il en a tiré bon prix. Tu étais à côté, tu aurais dû comprendre : nous ne sommes pas fous, ici. Ni les uns ni les autres. Et toi tu voudrais nous refiler, ou plutôt vendre à prix d'or, tes deux nasses déglinguées qui ne valent pas un grain de mil ?

Le chef était si furieux qu'il appela ses hommes :

— Qu'on lui donne le fouet !

L'araignée voulut fuir, mais elle se prit les pattes dans ce qu'il restait de ses nasses. Plus elle se débattait, plus elle s'entortillait dans ce fatras. Elle était prise à son propre piège.

Et les coups pleuvaient, et Anansé pleurait :

— Pui-pui, pui-pui ! Pitié ! C'est bientôt fini, je vous prie ?

De grosses larmes de douleur perlaient aux yeux de l'araignée. Des larmes de douleur, mais des larmes de honte aussi : elle venait de comprendre, un peu tard, qu'à vouloir berner son prochain on finit toujours par se berner soi-même.

Et voilà, mon conte est fini. Drôle ou triste, sage ou leste, prenez-en ce qui vous plaît et laissez-moi remporter le reste.

Monsieur Grenouille
et ses deux épouses

Angola

Que je vous raconte l'histoire de Kumboto, Kumboto M. Grenouille. Kumboto qui a cru malin de prendre deux épouses.
Au début, tout s'est bien passé.
— *Couha-couho !* chantait-il pour l'une.
— *Couho-couha !* chantait-il pour l'autre.

Et vouiff ! Il bondissait en l'air comme un

ressort. Et vloum ! Il retombait au sol, les pattes en torsade. Ouahhh ! Quel bonheur d'avoir deux femmes !

Oh, il avait bien fait les choses. Pour commencer, il avait pris soin d'offrir à chacune son chez-soi. Son domaine était grand. Il leur avait laissé le choix.

Sa première femme s'était décidée pour le petit bois de figuiers, au soleil levant. Soit. En un rien de temps, bim ! elle avait sa case.

Sa seconde femme s'était décidée pour le petit bois de palmiers, au soleil couchant. Soit. En un rien de temps, bam ! elle avait sa case.

Et lui, son endroit préféré, était entre les deux, au milieu. Il y avait là un buisson couvert de baies juteuses, et Kumboto aimait bien en grignoter une ou deux de temps en temps. Par là-dessus un grand kolatier* offrait son ombrage et ses noix. Pour ne rien dire du marigot**, bien caché sous les roseaux et parfait pour les bains du soir. Et bom ! En un rien de temps, Kumboto avait sa case.

Jusqu'ici, pas de problème. Tous les jours,

* Arbre produisant la noix de kola.
** Trou d'eau ou marécage dans un pays équatorial.

sa première femme lui mitonnait son premier repas, sa seconde femme le second. Au lever du soleil, Dame Grenouille du levant préparait la bouillie, une bonne bouillie épaisse pour le déjeuner de son mari. En fin d'après-midi, Dame Grenouille du couchant mettait la soupe à cuire, une bonne soupe épaisse pour le dîner de son mari. Comme arrangement, c'était l'idéal. M. Grenouille s'en gonflait d'aise, fier et ravi de son trait de génie.

Pendant des mois, jour après jour, le soleil a brillé dans un ciel sans nuages. Pendant des mois, jour après jour, M. Grenouille a fait bombance à ses deux tables tour à tour : le matin, chez sa femme du levant ; le soir, chez sa femme du couchant. Rien à redire. Tout allait bien.

Là-dessus est arrivée la pluie.

Oh, ce n'est pas que la pluie ait ennuyé Kumboto, au contraire ! Il l'adore, la pluie, Kumboto ! La saison des pluies, c'est sa saison à lui. À la première averse, il s'est mis à sauter de joie ici et là. Pendant douze jours, il n'a pas tenu en place. La vie était plus belle que belle : deux épouses, et la pluie en plus !

Mais au douzième jour de pluie, ses femmes ont commencé à ne plus trop s'y retrouver. Matin, midi ou soir, c'est tout un sous la pluie. Pas de soleil pour se repérer, allez donc savoir l'heure qu'il est ! Et le treizième jour, un jour tout gris, elles ont perdu la tête pour de bon. C'est vers le milieu de la journée qu'elles se sont mises à leurs marmites – et toutes les deux bien en même temps.

Chacune de son côté, au levant comme au couchant, soufflait sur son feu de bois et touillait son chaudron. M. Grenouille, un peu égaré, humait à droite, humait à gauche, vautré sur sa natte de roseaux. Hum, le délicieux fumet qui venait du levant ! Doux, fruité, délicat, quel bouquet ! Hum, le délicieux fumet qui venait du couchant ! Épicé, piquant, relevé, de quoi vous mettre l'eau à la bouche ! Haaah…

Le foutou enfin prêt, au levant comme au couchant – cuit à point, bon à servir –, Dame du levant et Dame du couchant se sont postées chacune sur le pas de sa porte, pour y guetter le mari.

Mais de M. Grenouille, point.

Quoi ? En retard pour le repas ?

— Va me chercher ton père, et que ça saute !

a dit la première épouse à son petit grenouillot.

— Va me chercher ton père, et que ça saute ! a dit la seconde épouse à sa petite grenouillotte.

Les deux enfants se sont élancés, chacun de son côté, vers le milieu du champ. Et saute et glisse et cours et bondis, petit du couchant et petit du levant, ils sont arrivés ensemble à la case de leur père. Et vlouf ! Les voilà sur sa natte. Chacun l'a pris par une patte en criant à pleine voix :

— À table, Père, à table ! Allons, viens avec moi ! Avec moi, j'ai dit. Viens ! À table !

Pauvre Kumboto, il a cru en perdre la tête. Que faire ? Qui suivre ? On le tiraillait d'un sens, on le tiraillait de l'autre. Le pire, c'est qu'il n'avait même pas de préférence. Il s'est libéré les pattes, il a battu le tambour sur son estomac.

— La paix, à la fin, quoi ! La paix !

Il a levé les pattes au ciel, en sautant à pieds joints.

— Allons bon, mais que faire ? Elles m'appellent toutes deux en même temps ! À table, à table, elles en ont de bonnes ! Elles sont deux, et je ne suis qu'un. Si je vais d'abord à droite, au levant, ma femme du couchant va m'en faire tout un plat : « Aha, c'est elle que tu préfères, hein ? » Mais si je vais d'abord à gauche, au couchant, c'est ma femme du levant qui criera. Je l'entends comme si j'y étais déjà. « Tiens pardi, je le savais bien, que c'était elle que tu aimais le mieux ! Je le savais ! »

Kumboto s'est assis par terre en soupirant comme un buffle. Il en était si retourné qu'il s'est mis à bégayer. Sa voix s'est cassée, il répétait comme un perroquet :

— Que faire, mais quoi ? quoi ? quoi ? Aucune des deux ne me croi-croira ? Que faire, mais quoi ? quoi ? quoi ?

Et voilà, l'histoire s'arrête là. Parce que ce pauvre Kumboto n'a toujours rien décidé. Voilà ce que c'est que d'avoir deux femmes. Tout va très bien – jusqu'aux premiers nuages. Après quoi les choses se compliquent.

M. Grenouille – ce brave Kumboto – est toujours dans son marigot. De temps à autre, il lance au ciel :

— *Couha-couho ! Couho-couha !*

Il a une drôle de voix, c'est vrai. Un peu étranglée : c'est l'angoisse. Il y a des gens qui se moquent de lui et qui vont jusqu'à dire qu'il coasse. Mais pas du tout, Kumboto parle. Il se demande encore, depuis le temps :

— Que faire, mais que faire ? quoi ? quoi ? quoi ?

Ayez donc une pensée pour lui.

Éléphant et Grenouille vont faire la cour aux belles

Angola

Je ne me lasserai jamais de raconter comment Grenouille et Éléphant contèrent fleurette un temps aux jeunes filles de la même maison.

Grenouille et Éléphant avaient beaucoup de succès auprès de ces demoiselles. Il faut dire qu'ils étaient aux petits soins pour elles. Jamais ils ne seraient arrivés les mains vides. Tantôt des fleurs, tantôt des fruits, toujours ils apportaient un petit cadeau gentil.

D'ailleurs tous ceux qui les connaissaient étaient d'accord sur ce point : malgré des différences qui tombaient sous le sens, Éléphant et Grenouille se ressemblaient beaucoup.

D'abord ils étaient beaux tous les deux, chacun à sa manière bien sûr. Et puis tous deux aimaient bien l'eau, et les longues balades en forêt – surtout le long du sentier qui menait chez les demoiselles. Enfin, s'ils n'étaient pas de la même taille, ils avaient tous deux le même âge – le bel âge évidemment.

Mais à quoi bon énumérer tout ce qui les rapprochait ? Ils se ressemblaient, c'est un fait, mais là n'est pas notre histoire.

L'histoire a commencé le jour où M. Grenouille est allé voir ces demoiselles tout seul. Il s'est assis avec elles devant la maison, à l'ombre d'un fromager, à siroter du lait de coco bien frais. Ces demoiselles entouraient M. Grenouille, et riaient fort de ses traits d'esprit. Il était plus drôle et charmant que jamais. Il se sentait le roi de la forêt !

Hélas ! voilà que la bien-aimée de l'éléphant s'est mise à parler de son galant. Il était si beau, si charmant, si délicat, si élégant !

Alors M. Grenouille a vu rouge. Il s'est gonflé, gonflé, du mieux qu'il a pu. Et il a dit, l'air de rien :

— Ah, Éléphant ? Oui, c'est un brave garçon. Vous savez toutes déjà, j'imagine, qu'il me sert de baudet. Une excellente monture, ma foi !

Les filles n'en ont pas cru leurs oreilles :

— Qui ? M. Éléphant ? Votre baudet ? Oh, c'est vrai, dites ? C'est vrai ?

Elles en étaient si émoustillées qu'elles faisaient ronde autour de lui. Grenouille se sentait grand et fort, un vrai géant ; bien plus gros que l'éléphant. Quand il est reparti, ce soir-là, il bondissait comme une antilope, tant il débordait de fierté. La forêt lui appartenait.

Ce soir-là, justement, l'éléphant à son tour est venu rendre visite, tout seul, aux demoiselles. À peine est-il sorti de la brousse qu'elles ont lancé à sa bien-aimée :

— Oh regarde, le voilà, c'est lui ! Le baudet de M. Grenouille !

Elle a couru à sa rencontre. Il lui a donné des cerises sauvages, un bouquet de fleurs, un petit baiser, sans parler d'un bon gros câlin de sa trompe enroulée.

Mais c'est à peine si elle a remercié. Elle avait encore sur le cœur ce qu'avait dit M. Grenouille. Alors elle a laissé tomber :

— D'après ce que nous a raconté ton ami, tu lui sers de baudet, à ce qu'il semblerait.

Éléphant en a rugi de rire :

— Eh, ça vaut mieux que l'inverse, non ?

Les filles ont bien ri elles aussi, mais elles ont répété mot pour mot ce qu'avait dit M. Grenouille. Visiblement, elles y croyaient.

— Hé, minute, là, mignonnes ! a protesté l'éléphant. Vous voulez dire que… Moi ? Moi ? Le baudet de Grenouille ? Il plaisantait, bien sûr !

— Mais pas du tout, a dit sa fiancée. Pas du tout ! Il nous a juré qu'il était tout ce qu'il y a de plus sérieux.

Alors Éléphant a vu rouge. Il a fulminé, tempêté, il est parti en fouettant de la queue. Les rires des demoiselles l'ont escorté loin dans la brousse ; il se sentait petit, tout petit, bien plus petit que Grenouille.

Le lendemain matin, il est parti à la recherche de son ami. Il l'a cherché partout, partout, et pour finir il l'a trouvé qui batifolait dans le fleuve. Grenouille l'a appelé, tout joyeux :

— Hé, salut, vieux ! Viens, elle est bonne ! On fait la course ?

Mais Éléphant n'a pas pipé. Il a allongé la trompe et tiré Grenouille hors de l'eau. Et il l'a laissé tomber. Flop ! dans les herbes. Il a penché vers lui son grand front et lui a dit sans bégayer, encore tout frémissant de colère :

— Dis voir un peu, microbe ! C'est vrai que tu as raconté aux filles que je te servais de baudet ?

Grenouille a sauté sur ses pieds.

— Quoi, quoi ? Qu'est-ce que tu me chantes là ? Eh, calme-toi, vieux, calme-toi ! (Il s'avançait, poings en avant, l'air menaçant.) Répète un peu, voir ! On n'accuse pas les gens comme ça, quoi !

Éléphant a reculé d'un pas. Son ami l'impressionnait. Il a voulu arranger les choses.

— Bon, bon, ça va, demi-portion. Mais c'est

ma bien-aimée. Elle a dit que tu avais juré que je tenais lieu de baudet !

— Quelle idée ! C'est de la folie. Tiens, viens avec moi, vieux frère ! Allons de ce pas remettre les choses au point.

Grenouille est parti en avant, mais il s'est bientôt retrouvé à la traîne. Éléphant était pressé d'aller régler l'affaire, mais d'un autre côté ce n'était pas la peine d'arriver là-bas seul. Alors il a marqué le pas pour attendre Grenouille.

— Alors, quoi, moustique, tu te dépêches ?

Grenouille l'a rattrapé enfin, traînant la patte, à bout de souffle.

— Oooh, cette piste ! Et j'ai dû me prendre une écharde dans le pied. Ma pauvre patte ! Elle n'en peut plus. Pas question de te suivre, vieux. Je rentre à la maison, il faut que je me soigne.

— Hein, quoi ? a tonné l'éléphant. Tu ne vas pas renoncer maintenant, moucheron ! Écoute, les filles vont te le soigner, ton pied. Dès que notre affaire sera réglée. Allez, tiens, grimpe sur mon dos. Au moins, nous arriverons ensemble. Il n'y en a plus pour longtemps.

— Oh, merci, vieux, tu es bien brave, mais je ne voudrais pas abuser. Si je te pèse un tant soit peu...

— Ne dis donc pas de bêtises.

Alors Grenouille n'a fait qu'un bond sur le dos de l'éléphant.

Le dos d'un éléphant, c'est large – le grand confort pour voyager – et la piste ne cahotait guère. Pourtant Grenouille ballottait de-ci, de-là, et il lançait les pattes en tous sens comme pour se retenir de tomber. Bientôt il a crié dans l'oreille de son ami :

— Vieux frère ! Eh, vieux frère ! À ce train-là, ce n'est pas seulement mal à une patte que j'aurai en arrivant, mais mal partout, si je suis encore de ce monde ! Il me faudrait des rênes, que je puisse m'y cramponner !

Éléphant a fait halte, il s'est agenouillé, Grenouille a sautillé à terre. Éléphant était pressé, il a aidé son ami à arracher trois longues lianes à un vieux figuier banyan*. Grenouille a tressé les lianes pour en faire une bonne corde, qu'il a passée comme un

* Figuier banyan : figuier à nombreuses racines aériennes.

mors en travers de la bouche de l'éléphant. Après quoi, toujours boitillant, il est remonté sur son dos.

Et là, bien droit, les rênes en main, il s'est écrié aussitôt :

— Ah, voilà qui est mieux ! Beaucoup mieux ! Tu n'as pas idée, vieux frère, de la différence que ça peut faire.

Ils sont repartis d'un bon pas.

Mais ils n'avaient pas fait une lieue que tout à coup Grenouille s'est mis à mouliner des bras comme s'il avait perdu la raison.

— Nom d'une panthère, vieux frère, nous traversons une nuée de moustiques ou quoi ? Jamais autant vu de ces sales bêtes ! Laisse-moi me tailler une badine, ou elles vont nous dévorer vivants !

Une fois de plus, ce bon Éléphant a mis le genou à terre. Grenouille s'est laissé glisser en bas, il s'est traîné jusqu'à un buisson. Là, il s'est taillé une badine, et l'a fait siffler dans les airs en regagnant le dos de son compère.

Tout le restant du trajet, Grenouille a tenu les rênes bien lâches et ne s'est guère servi de sa badine. Ils sont arrivés bientôt à la lisière de la brousse. Là-bas, derrière le fromager, se dressait la case des demoiselles.

— Et maintenant, a dit l'éléphant, ouste, moucheron ! Descends de là, nous arrivons.

Mais Grenouille a fait la sourde oreille. Bien pis, au lieu de descendre, il a tiré un bon coup sur les rênes. Fou de douleur, la bouche en feu, Éléphant a lancé une ruade, a piqué du nez en avant. Mais Grenouille tenait bon ; il a seulement tiré un peu plus fort. Éléphant est parti au galop.

Les demoiselles, à ce remue-ménage, ont couru sur le pas de la porte. Juste à temps pour voir passer, sur le dos de l'éléphant, M. Grenouille tout fringant, les rênes dans une main, la badine dans l'autre.

Sitôt passé la maison, Grenouille a tiré sur une rêne d'un coup sec et l'éléphant a fait volte-face pour repartir au grand galop. Ils sont repassés devant la maison, et les demoiselles ont applaudi. Jamais encore elles n'avaient vu si fier cavalier, ni monture aussi guillerette.

Et l'éléphant fonçait, fonçait, tête baissée, sur le sentier d'où il était venu. Comme ils passaient sous des branches basses, hors de la vue des demoiselles, Grenouille a lâché les rênes pour empoigner une liane au passage. Il s'est hissé dans la feuillée, en coassant à son ami :

— Allez, salut, mon brave baudet ! Au revoir et merci, c'était une belle balade !

Alors Éléphant s'est rué sur les arbres, pour les secouer à grands coups de trompe. Il les a secoués, malmenés, battus. Il a tordu les troncs, brassé les feuillages, fait descendre une pluie de bananes, de figues, de mangues, de noix de coco… Il n'a pas fait descendre Grenouille.

Il a fini par renoncer. Sur le chemin du retour, les oiseaux chantaient, mais Éléphant avait le cœur lourd. Il entendait comme s'il y était les demoiselles répéter entre elles : « C'était donc vrai. La pure vérité. Grenouille est un grand cavalier, Éléphant est sa monture. »

Voilà, mon conte est terminé. Qu'il vous fasse rire ou soupirer, je n'ai rien à y ajouter.

La tortue, le lièvre et les patates douces

Afrique du Sud

Je parie que vous ne savez pas comment la tortue, un jour, roula le lièvre comme au coin d'un bois.

Et pourtant, pour rouler les autres, il s'y entendait, le lièvre ! Il ne rêvait que d'entourloupettes. Poser des colles, faire des niches, berner tout le monde et n'importe qui, voilà tout ce qu'il savait faire. Et il n'était jamais à court d'idées, le bougre ! Des tours à jouer, son sac en débordait toujours.

Tortue était trop occupée à tenir sa petite mare bien propre pour trouver le temps de jouer des tours. C'est qu'on venait de loin pour y boire, à sa mare ! Des champs, des plaines et de la brousse, des environs ou de fort loin, les visiteurs ne manquaient pas.

Et tortue les accueillait le cœur content, car elle avait fait sien le proverbe : « Apaise la soif du voyageur, il apaisera ta soif de nouvelles. » Et en effet, elle qui ne quittait quasiment jamais son trou d'eau, elle était mieux informée que personne et ne s'en laissait guère conter.

Depuis quelque temps les bruits qui couraient n'avaient rien de réjouissant. Jour après jour, Tortue entendait le même refrain : il y avait un voleur dans le coin, un chapardeur qui se servait dans les champs alentour. Il faut dire qu'en ce pays-là tout le monde était toujours prêt à donner un peu de ses récoltes à quiconque avait faim. Mais voler ne se faisait pas. Jamais. Personne ne volait.

Du coup, chacun se demandait : « Mais enfin, qui donc ose faire ça ? Qui donc ose se servir sans jamais rien demander ? » Hélas ! personne ne savait. Pourtant Tortue avait sa petite idée.

Un jour, Lièvre arriva au bord de son trou d'eau. Il but tout son content et releva la tête, l'œil luisant. Il se disait : « Bien, et maintenant, quel tour jouer ? Salir cette mare, peut-être ? » Certes, un vieux proverbe dit bien : « Ne gâte pas l'eau du puits après y avoir bu, où boirais-tu demain ? », mais Lièvre s'en souciait comme de sa première culbute. L'ennui, c'est que Tortue était là qui veillait. Alors Lièvre s'assit près d'elle et se contenta de lui poser des devinettes. Tortue avait réponse à tout.

— Attends, j'en connais une qui va te faire sécher, dit le lièvre. Qu'est-ce que je peux battre à grands coups sans laisser de trace ?

— J'habite à côté et j'en bois, dit la tortue. C'est l'eau.

Alors le lièvre, en soupirant, renonça à l'attraper avec ses devinettes. Il l'aurait d'une autre façon.

— Tu sais ce que nous devrions faire, Tortue ? Labourer un champ, tous les deux.

— Moi ? Labourer un champ ? C'est à peine si j'arrive à gratter mon petit carré de potager. Comment voudrais-tu que je laboure tout un champ, avec mes pattes courtes ?

— Pattes courtes ? Elles sont magnifiques tes pattes. Juste de la bonne longueur pour la houe.

— Et comment veux-tu que je la tienne, ta houe, dis-moi un peu ?

— Pas de problème. Il suffirait de te la fixer aux pattes. Je me ferais un plaisir de l'y attacher.

« Tiens, pour une fois, il y a du vrai là-dessous », se dit Tortue tout bas. Lièvre était roublard comme pas deux, décidément. Mais elle n'allait pas se laisser faire. Elle dit tout haut :

— Merci, mais je n'ai pas envie d'essayer.

Il y eut un silence. Lièvre réfléchissait.

— J'ai faim, dit-il enfin. Pas toi ?

— Si, un peu, mais mon pauvre jardin n'a plus une pousse verte.

— Oh, pas de chance ! Mais ce n'est pas grave, écoute. En venant ici, j'ai remarqué tout un champ plein de bonnes choses. C'est celui de Sanglier, sauf erreur. Viens, allons déterrer deux ou trois de ses patates douces.

— Oh, oh ! Lièvre, que dis-tu là ? Tu sais bien qu'il ne faut pas. Pas question de voler, ça non !

Il y eut un autre silence. Tortue avait faim pour de bon. Et une idée lui venait. Elle se tourna vers le lièvre.

— Où as-tu dit qu'était ce champ de patates, déjà ?

— Tout près d'ici, derrière les fourrés.

La tortue fit mine d'hésiter.

— Hum... Je ne pense pas que deux ou trois patates feraient défaut au sanglier...

Sitôt dit, sitôt fait. Les voilà sur le champ voisin. Déterrer quelques patates douces était l'affaire d'un tournemain. En un rien de temps, le sac du lièvre était plein.

Alors, avec des airs de colosse, il cala le chargement sur le dos de la tortue, et tous les deux gagnèrent la brousse pour y faire cuire leur butin. Ils se trouvèrent un coin tranquille, ramassèrent des herbes sèches, et bientôt, dans le feu crépitant, les patates étaient cuites.

— Mmm-miam ! dit Tortue en y plantant le bec.

— Minute ! coupa Lièvre. N'entends-tu rien venir ?

— Mmm-mioum ! continua Tortue, la bouche pleine.

— Arrête de faire des bruits ! Comment veux-tu que j'écoute ? Et si on nous tombe dessus, hein ?

— Mmm-miam-mioum, fit Tortue en se prenant une autre patate.

Lièvre était furieux.

— Mais arrête, à la fin ! Tu veux te faire mordre et piétiner ? Remets cette patate où tu l'as prise. Il faut d'abord nous assurer que Sanglier n'est pas après nous.

Il l'obligea à poser sa patate et tous deux s'éloignèrent, chacun de son côté, pour inspecter les environs.

Mais Tortue avait deviné ce que tramait son compère. Elle ne fit que trois petits pas. Le lièvre avait bondi hors de vue. Alors, elle revint aux patates, en prit une grosse et se glissa dans le sac.

— Mmm-miam, fit-elle tout bas.

Elle allait ressortir pour en prendre une

autre quand une grêle de patates rôties s'abattit sur sa carapace. Lièvre était revenu comme prévu, tout doux, sans perdre un instant, et il se dépêchait de fourrer les patates dans son sac.

« Merci ! » songea Tortue en mordant de bon cœur dans une grosse patate chaude. « Me voilà servie sur place. »

Et flip et flop, en un clin d'œil ce filou de Lièvre avait tout ramassé. Son sac était plein à craquer. Il se mit à crier :

— Tortue ! Tortue ! Vite ! Sauve-toi ! Décampe ! Sanglier est après nous ! Et sa grosse laie avec !

Alors il balança le sac sur son épaule et partit d'un pas leste. Et chemin faisant il songeait : « C'est le meilleur tour de ma vie ! Il ne reste plus qu'à mettre quelques lieues entre cette vieille lambine et moi. » Il riait à s'en étouffer.

Pendant ce temps, au fond du sac, Tortue avait pris ses aises. Elle engloutissait tranquillement patate douce sur patate douce.

« Dommage pour Lièvre, il rate le festin, pouffait-elle tout bas. Mais il aime mieux courir, à ce qu'on dirait. »

Lièvre courut longtemps, et loin. Lorsque enfin il s'arrêta, Tortue arrivait au bout des patates. Elle avait déjà avalé toutes les plus belles et les mieux rôties. En fait, il n'en restait plus qu'une, minuscule et racornie.

— Ouf, cette fois ça y est, dit le lièvre. (Il posa le sac à terre et y glissa la patte.) Pauvre Tortue ! Dire qu'elle est si loin ! Dire qu'elle ne pourra pas déguster ces merveilleuses patates douces !

Il enfonça la patte dans le sac. Tortue y fourra la toute dernière patate. Il y jeta un coup d'œil et rugit :

— Quoi ? Quelle horreur ! Quelle petite chose minable ! Je n'ai pas couru comme un dératé pour une patate grosse comme une noisette.

Et vlan ! Il la jeta dans le fourré. Il enfonça de nouveau la patte dans le sac. Ah, cette fois, il en tenait une grosse, lourde, ronde et toute ferme. Elle devait être fameuse, celle-là !

Mais quand il vit ce qu'il avait en main, il eut un hurlement de dépit et laissa choir la chose à terre.

— Tortue ! Mais que fais-tu là, bon sang ?

Il renversa le sac, le secoua. Plus rien ! Il

en avait des larmes aux yeux ; il ne voulait pas y croire.

— Mes patates douces ! Mes patates ! Je les ai déterrées, je les ai fait rôtir… Oh non, non, non ! Tu n'as pas mangé ma part, tout de même, dis ? Oh, sœur Tortue, c'est trop injuste ! Comment as-tu osé me faire ça ? Bouhou, non, c'est du vol !

Mais sœur Tortue n'était plus là pour le sermon. Pendant qu'il se lamentait, elle avait pris ses jambes à son cou et sagement regagné son trou d'eau.

Et ce pauvre Lièvre pleurnichait, assis par terre le ventre creux.

— Bou-hou, cette vieille roublarde de Tortue ! Elle a mangé toutes mes patates douces ! Bou… Quand je pense que je l'ai transportée, tout du long, pendant qu'elle se gobergeait – j'en pleurerais !

En pleurer ? C'est ce qu'il faisait déjà !

Le bœuf
aux cornes magiques

Conte bantou

Des cornes de bœuf pour tout partage, ce n'est vraiment pas la richesse. Pourtant, écoutez l'histoire du garçon qui en tira fortune.

Il s'appelait Mungalo, et c'était le fils d'un grand chef. Son père était riche, très riche et il avait quantité d'épouses. Toutes aimaient bien leur mari, mais toutes étaient jalouses de la mère de Mungalo, sa première femme – sa favorite. Oh, elles ne s'en prenaient pas à la mère de Mungalo, jamais elles ne l'auraient osé. Elles s'en prenaient à Mungalo, c'était tellement plus facile ! Elles trouvaient toujours le moyen de lui faire mille misères.

Mais Mungalo résistait bravement. Tous les matins, poussant devant lui les chèvres et les moutons de son père, il jouait de son petit tambour, et le son qu'il en tirait lui faisait oublier les tourments que lui infligeaient ses marâtres.

Le soir, bien sûr, à son retour, elles redoublaient de malice. C'était à qui crierait le plus fort dès qu'il rentrait avec ses bêtes. Il n'avait pas franchi la crête qu'il entendait déjà leurs voix aigres :

— Mungalo ! Mungalo ! Mungalo !

Elles avaient toutes une corvée pour lui – et de première urgence, on s'en doute ! Mungalo avait beau se démener, jamais elles n'étaient satisfaites. Et elles ne tenaient pas à l'être ; elles avaient bien soin, comme on dit, de « lui fournir un panier d'osier pour aller puiser de l'eau ».

Oh ! bien sûr, sa vraie mère, quand il était

petit, l'avait entouré de tendresse et protégé de son mieux, elle lui avait donné des jouets, l'avait consolé souvent. Mais elle était morte, hélas ! et Mungalo, encore enfant, s'était retrouvé bien seul. Les jouets qu'elle lui avait donnés s'étaient cassés l'un après l'autre, même celui qu'il aimait le plus, un petit buffle d'argile. Il avait cependant gardé dans son cœur la promesse qu'elle lui avait faite : un jour, quand il serait grand, son père lui donnerait un buffle, un grand bœuf à bosse du troupeau, un bœuf tout blanc.

Et les années passaient. Chaque matin, à l'aube, Mungalo se mettait en route avec ses bêtes, à la recherche d'un point d'eau, d'un coin d'herbe tendre. Veiller sur ce troupeau têtu n'avait rien d'une mince affaire, et pendant ce temps ses frères, les fils des nombreuses femmes de son père, jouaient sans se soucier de rien. Et quand Mungalo rentrait, tout ce qui l'attendait en fait de bienvenue c'était d'autres corvées encore. Pourtant il endurait ses misères sans rien dire et n'en soufflait jamais mot à son père.

Vint enfin l'âge de l'initiation, selon l'usage de sa tribu, et juste après la cérémonie, comme sa mère le lui avait promis, son père lui fit don d'un bœuf blanc. C'était une grande belle bête, avec des cornes superbes – le plus beau de tous les bœufs du troupeau de son père.

Mungalo espérait bien être enfin traité avec un peu de respect. Il était en âge de mener le troupeau de bœufs, et il possédait le plus fort, le plus admiré de tous.

Mais la jalousie de ses marâtres n'en fut qu'attisée davantage. Il leur fallait trouver mieux encore pour faire souffrir Mungalo. La vie devenait intenable, et Mungalo décida un jour de quitter le toit paternel. Le lendemain matin, à l'aube, il monta sur son grand bœuf blanc et partit droit devant lui, sans même un dernier regard pour les terres de son père.

Mungalo et son bœuf cheminèrent sept jours et sept nuits, sans presque s'arrêter si ce n'est pour boire un peu et se restaurer chichement.

Le huitième jour, vers midi, ils se retrouvèrent dans une immense plaine. Le soleil y tapait si dur que dans l'air surchauffé le sol semblait se soulever comme les vagues de la mer.

Mungalo avait faim et soif. Mais il avait beau regarder autour de lui, fouiller des yeux l'horizon, l'endroit était désert. Ni arbre, ni arbrisseau, ni le moindre signe d'eau.

Alors il caressa son bœuf.

— Mon pauvre vieux. Je t'ai arraché d'un lieu que tu connaissais pour te conduire ici, en un lieu inconnu. J'ai voulu échapper à la lâche cruauté des femmes de mon père, mais quoi de plus cruel qu'une mort loin de tout, dans la faim et la soif ?

Ému par sa détresse, le bœuf prit la parole :

Mungalo, écoute-moi bien !
Fais un souhait, je l'exaucerai ;
J'apaiserai ta soif et ta faim,
Te vêtirai, te logerai.
Frappe ma corne droite, trois fois,
Ce que tu souhaites apparaîtra,
Frappe ma corne gauche, deux fois,
Aussitôt tout disparaîtra.

Mungalo s'empressa de faire ce que disait son bœuf. Il frappa trois coups légers sur la corne droite. Au troisième coup, le sol se couvrit d'herbe fraîche et de coupes emplies de fruits juteux et de mets odorants.

Mungalo se laissa glisser à terre et remercia son ami. Tous deux burent et mangèrent et en furent tout ragaillardis.

Alors Mungalo, remontant sur son bœuf, frappa deux coups légers sur la corne gauche. L'herbe et les reliefs du festin disparurent. On aurait dit que la corne elle-même les avait happés sans bruit.

Et tous deux se remirent en route.

Sept jours et sept nuits durant, ils traversèrent la plaine aride. Ils ne s'arrêtaient que pour prendre un peu de repos, se rafraîchir et se rassasier par la vertu des cornes magiques.

Ils arrivèrent enfin à la lisière d'une forêt vierge. Des troncs d'arbres immenses et tout un fouillis de lianes et de racines leur barraient le chemin. Mais les sabots du bœuf n'avaient pas plus tôt effleuré le sol que lianes et racines s'écartaient devant eux. Les fougères géantes s'écartaient pour leur laisser le passage. Les branches basses se soulevaient, les fourrés se tapissaient à leur approche. Tout ce mouvement faisait çà et là une trouée dans les feuilles. Le soleil s'y faufilait, et des taches de lumière venaient danser sur le sol de la forêt. Mungalo avait l'impression d'avancer en pleine féerie.

Au cœur de la forêt s'ouvrait une vaste clairière. Un troupeau de buffles paissait là, veillé par un taureau puissant.

Mungalo ne voyait guère comment contourner le troupeau, et le taureau, visiblement, mettait au défi son bœuf blanc. À l'approche des intrus, il eut un grand coup de tête, et se mit à piaffer sourdement. Le sol en trembla – et Mungalo frémit. Mais son bœuf blanc lui dit :

Ne crains pas la corne du taureau sauvage,
Dans ce combat-ci, j'aurai l'avantage.
Nous avons encore à marcher longtemps
Avant d'arriver là où nous attend
Au pied d'un à-pic un autre combat ;
Là je tomberai, là tu me perdras.

Et le face-à-face commença. Mungalo s'était accroupi à l'entrée de la clairière, le troupeau s'était rangé de l'autre côté.

L'affrontement fut si violent que l'herbe

arrachée du sol tournoyait dans les airs autour des combattants comme une sombre tornade. Les cornes s'entrechoquaient à coups sourds, les sabots sonnaient comme un tamtam en fièvre. Le crépitement du combat emplissait toute la clairière.

Enfin, le silence revint, le nuage d'herbe retomba au sol. Le grand taureau gisait à terre, il était mort. Le bœuf aux cornes magiques revint tranquillement vers Mungalo.

Mungalo sauta sur son dos et le troupeau s'écarta sans bruit. Mungalo et le grand bœuf blanc passèrent entre les étranges créatures et s'enfoncèrent dans la forêt.

Sept jours et sept nuits encore ils cheminèrent sans presque s'arrêter. Ils traversèrent des forêts drues, franchirent de profonds ravins. Ils escaladèrent des collines, passèrent des fleuves et des torrents.

Le huitième jour, ils sautèrent un ruisseau et se retrouvèrent soudain dans des champs, des champs florissants, bien soignés, riches de récoltes mûres. Mungalo trouva bizarre de n'y voir personne au travail. L'endroit était étrangement désert.

Et soudain il aperçut, droit devant eux, un à-pic vertigineux, telle une muraille dressée vers le ciel. Un étroit passage s'ouvrait là, taillé à même la falaise comme par la hache d'un géant. Tout au fond du défilé, on devinait un village.

Mais à l'entrée de la gorge un énorme taureau veillait, une bête plus inquiétante encore que le taureau de la clairière. Non loin de là paissait un troupeau couleur de terre.

Le cœur de Mungalo fit un bond : c'était l'endroit dont avait parlé le bœuf blanc, l'endroit dont il avait dit : « Là je tomberai, là tu me perdras. » Alors, la gorge nouée, il se laissa aller contre l'encolure de la bête et resta un moment immobile. Puis il se ressaisit, mit pied à terre, effleura les cornes magiques et caressa doucement le mufle de l'animal.

Le bœuf alors prit la parole :

Adieu Mungalo. N'oublie pas :
Frappe mes cornes et tu auras
Tout ce que tu souhaiteras.
Ce pouvoir se conservera
Après ma mort, rien que pour toi.

Dans le combat sans merci qui s'ensuivit, le bœuf aux cornes magiques périt. Quand le nuage de poussière soulevé par les combattants retomba, il était là qui gisait, mort. Le grand taureau et son troupeau avaient disparu.

Mungalo, aveuglé de larmes, coupa les cornes de son bœuf et les glissa à sa ceinture. Quand il y vit plus clair enfin, le bœuf blanc avait disparu à son tour, sans laisser plus de traces que le taureau et sa harde.

Alors Mungalo s'engagea dans la gorge et gagna le village, par-delà la falaise. Là, il trouva les villageois occupés à faire cuire des racines. Il eut tôt fait de découvrir que ces racines coriaces étaient tout ce qu'il restait à manger au village. La harde couleur de terre avait dévasté l'endroit des semaines plus tôt, éventré les greniers et piétiné le grain.

Lorsque les villageois virent Mungalo sortir de l'étroit défilé, ils s'empressèrent autour de lui.

— Mais comment as-tu fait pour franchir le passage ? Un énorme taureau en interdit l'entrée depuis des lunes et des lunes.

Mungalo ne tenait guère à raconter l'histoire du bœuf blanc. Il n'était pas question de livrer à quiconque le secret des cornes magiques. Il dit simplement :

— Il n'y a pas plus de troupeau que d'énorme taureau à l'entrée du défilé. Et vous avez bien tort de vous contenter de racines quand vos champs regorgent de récoltes splendides.

Les villageois poussèrent des cris de joie. Le passage était libre, libre ! Le tam-tam se mit à battre et tout le monde à danser. Le chanteur du village célébra les mérites de l'étranger porteur de bonnes nouvelles. À présent les villageois pouvaient regagner leurs champs le cœur en paix. Le chanteur du village invita Mungalo dans sa case pour la nuit. Comme ils avaient faim tous deux, Mungalo frappa discrètement la corne de son bœuf. Au troisième coup, tout un repas surgit devant eux sur la natte.

Son hôte fut très surpris de voir apparaître ainsi pareille abondance de victuailles. Il dévora de bon cœur, bien résolu à percer le mystère au plus tôt. Il en souriait malgré lui tout en versant à Mungalo force rasades de vin de palme. Mais la langue de Mungalo ne se délia pas pour autant et il garda son secret pour lui.

Leur festin terminé, Mungalo frappa deux fois la corne gauche, et les restes se volatilisèrent. Son hôte et lui s'étendirent pour dormir.

Mais le chanteur ne dormait que d'un œil. Sitôt Mungalo assoupi, il se glissa près de lui. Il avait deviné que la magie provenait de ces cornes que son visiteur portait à la ceinture. Ne restait donc qu'à s'en emparer. Tout doucement, il les délia, et les remplaça par deux autres. Il cacha les précieuses cornes dans un coin de sa case et se recoucha.

Le lendemain, tout le village se leva dès l'aube, pressé de gagner les champs. Mungalo remercia son hôte et s'en fut de son côté. Il fredonnait, le cœur léger : l'esprit de son ami le bœuf blanc était toujours avec lui, ici même, dans ces cornes magiques qui ne le quitteraient jamais, et c'était assez pour lui redonner joie de vivre.

Vers le milieu du jour, comme le soleil brillait ferme au-dessus de sa tête et que son ombre se faisait toute petite sous ses pieds, Mungalo décida de faire halte. Il avait faim, il avait soif, il était un peu las de marcher.

Son premier soin fut de frapper trois fois sur la corne droite, mais rien ne se produisit. Il recommença. Toujours rien. Alors il comprit que cette paire de cornes n'avait rien à voir avec ses cornes magiques.

Que faire, sinon retourner droit au village ? Une fois là-bas, il s'arrêta net. Le chanteur, à pleine voix, clamait des chants de louanges tout en tapotant les cornes. Mais sa voix avait beau vibrer, sa main caresser la courbe des cornes, la magie n'opérait pas.

Pour finir, le chanteur, fou de rage, rejeta les cornes dans un coin de la case. Et dans sa furie il heurta la porte, si fort que sa tête passa au travers.

Les villageois ne risquaient pas de comprendre pourquoi leur chanteur enrageait de la sorte ; ils ignoraient tout des cornes magiques. D'ailleurs, ils revenaient des champs, et ils étaient trop occupés à cuisiner ou faire bombance pour se soucier du reste.

Mungalo se glissa dans la case du chanteur, il reprit ses cornes magiques et laissa les autres à la place. Il savait à présent que leur pouvoir ne risquait pas de s'exercer entre les mains d'un voleur. Au moins, c'était une bonne nouvelle.

Par la suite, tout au long du chemin, il ne se fit plus guère de souci : l'esprit de son bœuf était là qui le protégeait du mal. Il ne compta pas combien de fois le soleil se leva et se coucha sur ses aventures. Chaque jour il repartait, le cœur en liesse ; chaque jour il ouvrait grands les yeux et les oreilles sur les merveilles du monde qu'il traversait. Il dormait à la belle étoile, confiant dans la protection des cornes de son bœuf.

Mungalo ne se dorlotait pas, ne se préoccupait guère de lui-même. Ce monde qu'il découvrait le passionnait bien trop. Il ne s'apercevait même pas que ses vêtements s'élimaient, qu'ils se couvraient de la poussière des chemins. Tout ce qui lui manquait, de temps à autre et de plus en plus souvent, c'était un peu de compagnie, quelqu'un à qui parler. Aussi, un soir, avisant une maison au fond d'un champ, il décida de s'y arrêter et s'en fut frapper à la porte.

Un homme vint ouvrir. Il regarda Mungalo de la tête aux pieds, des pieds à la tête, et referma la porte. Il ne l'invita pas à entrer.

Mungalo en fut tout surpris – jusqu'au lendemain, où il comprit.

Comme il passait devant un étang, il regarda son reflet à la surface de l'eau... et il hésita, l'espace d'un instant, à se reconnaître lui-même ! Il se mit à rire en songeant à la tête qu'avait faite l'autre, la veille. Rien d'étonnant s'il lui avait claqué la porte au nez.

Alors Mungalo se mit à l'eau, et se baigna, s'étrilla, s'aspergea, jusqu'à n'avoir plus sur lui un seul grain de poussière. Puis il se sécha au soleil, regarda ce qu'il restait de ses pauvres habits et songea : « Il m'en faudrait d'autres. » Il frappa la corne de bœuf et dit :

Dans ces vieux oripeaux
Je passe pour un vaurien
J'en voudrais de plus beaux,
Dignes d'un homme de bien.

À peine avait-il prononcé ces mots qu'aux branches des buissons alentour apparut tout un assortiment de pièces d'étoffe et de vêtements éblouissants. Mungalo choisit ceux qu'il préférait, dans des coloris éclatants. Il prit aussi quelques bijoux finement travaillés, des pendants d'oreilles en argent massif, un collier de perles et des anneaux d'or. Il replaça les cornes à sa ceinture, se drapa les épaules d'une étole somptueuse, et c'est en ces atours qu'il fit son entrée dans le village suivant.

Maintenant qu'il avait l'air d'un prince, on le regardait d'un autre œil. Il eut droit à un accueil chaleureux et fut reçu en grande pompe par le chef du village en personne, qui l'invita dans sa demeure. On l'y traita en hôte de marque, et c'est la fille du chef elle-même qui s'empressa pour le servir, avec grâce et dignité.

La beauté de la jeune fille capta son regard et son cœur. Il offrit au chef quelques-unes des riches pièces de toiles récoltées sur les buissons, et à sa fille des bijoux d'or pur qui jetaient du feu sur sa peau sombre.

Trois mois s'écoulèrent. Chaque jour un peu plus, Mungalo prenait part à la vie du village. Il aidait le chef dans ses tâches, et le soir tout le village se regroupait autour du feu pour écouter Mungalo raconter des histoires du pays de son père.

Son amour pour la fille du chef croissait de jour en jour, et elle-même s'était laissé conquérir par son cœur généreux, son ardeur à la tâche et son courage viril.

Au bout de quelques mois, on célébra leurs noces. Il y eut un festin gigantesque, fourni en partie par les cornes magiques, en partie par la nouvelle famille de Mungalo, qui ne voulait pas être en reste. Le battement du tam-tam et les chants et les danses se poursuivirent des jours durant, aussi longtemps qu'il resta une miette de ce banquet fantastique, et une goutte de vin de palme au fond de la dernière calebasse.

Un an plus tard, Mungalo reprit les chemins pour emmener sa femme au village de son père. Les épouses de son père donnèrent un grand repas en l'honneur du fils revenu. Elles comprenaient enfin que toutes leurs mesquineries n'avaient rimé à rien. Alors, enterrant leurs vieilles rancunes, elles résolurent de le traiter dignement. C'était à qui chanterait le plus fort les louanges de Mungalo et de sa jeune épouse.

Alors, avec sa femme, Mungalo s'établit sur les terres ancestrales que lui donna son père. Il pria les cornes magiques de le doter d'une demeure digne d'un fils de chef. Plus tard, comme sa famille grandissait, les cornes magiques lui permirent de loger superbement tout son monde.

Plus de cent fois peut-être Mungalo conta ses aventures, mais jamais il ne révéla le secret des cornes magiques. Le jour, il les portait sur lui ; la nuit, elles n'étaient jamais loin.

Ainsi l'esprit du grand bœuf blanc lui tint compagnie toute sa vie. On dit que même dans son âge mûr, même lorsqu'il devint le chef respecté de sa tribu, jamais il ne se défit de ses cornes magiques.

La poule
et la grenouille

Conte haoussa

Un jour, Poule et Grenouille, se croisant par hasard, firent un bout de chemin ensemble.

Poule faisait trois petits pas, picorait un ver.

Grenouille faisait un grand bond, gobait une mouche.

Trois petits pas, pique un ver.

Un grand bond, gobe une mouche.

Poule battait des ailes, virait comme une girouette. Grenouille battait des pattes et dansait les claquettes.

— Oh là là, il fait chaud, ma foi, gloussa soudain Poule.

— Beau temps pour la saison, n'est-ce pas ? coassa Grenouille.

— Oh, clic, clac, cloc, ça ne durera pas. Vois ce gros nuage là-bas. Nous aurions de l'orage que ça ne m'étonnerait pas.

Trois petits pas, pique un ver.

— Bah, il est encore loin, dit Grenouille.

— Tant mieux, ça nous laisse le temps. Le temps de nous construire une case pour nous mettre à l'abri. Grenouille, aide-moi. Construisons une case !

— Une case ? Pas la peine. Ce trou dans la terre me suffira bien. Je vais me glisser dedans et voilà. Débrouille-toi comme tu voudras.

— À ton aise, je me passerai de toi.

Et Poule s'est mise au travail. Grenouille

s'est glissée dans son trou et, tandis que Poule s'affairait, Grenouille chantait à tue-tête :

*Koua, kouo, koui
Pas besoin d'abri !
Koua, kouo, koui
Mon trou me suffit !*

Pour ce qui est de bâtir, Poule s'y entendait. Et flip et flap et pique et poque, en quatre coups de bec elle vous entrelaçait des brindilles, des brins de paille, des tiges sèches, et déjà sa case prenait forme. Deux fenêtres, une porte, un toit de chaume – percé d'un trou de fumée au milieu – et voilà ! la case était prête.

— Clic, clac, cloc. Cloc, clac, clic. Claa, clii.

Poule était fière d'elle.

Le nuage montait, de plus en plus noir.

— Grenouille, dit la poule. Vite, il est encore temps. Aide-moi à préparer un bon lit !

Mais Grenouille chantait, goguenarde :

*Koua, kouo, koui
Pourquoi faire un lit ?
Koua, kouo, koui
Mon trou me suffit !*

— À ton aise, je me passerai de toi.

Et Poule fit son lit toute seule. Un peu de

paille, un peu d'herbe. Elle s'assit dessus pour l'essayer. Il était parfait.

— Oh ! clic, clac, cloc. Cloc, clac, clic. Claa, clii.

Le nuage avait noirci encore.

— Grenouille, dit la poule. Vite, il est encore temps. Aide-moi à faire provision de mil !

Mais Grenouille se contenta de chanter :

Koua, kouo, koui
Pourquoi faire du mil ?
Koua, kouo, koui
Une mouche me suffit !

— À ton aise, je me passerai de toi.

Alors la poule, vite vite, réunit tout le mil qu'elle put trouver. Elle l'entassa près de la cheminée et trouva même le temps, ensuite, de rouler deux ou trois potirons sur son toit. Après quoi, toujours à toutes pattes, elle courut dans sa case et tira le verrou. Il était temps ; l'orage éclatait.

Blam-bam, palam ! Blam-bam, palam !

Le tonnerre grondait, le sol tremblait, les arbres agitaient leurs branches. Grenouille se faisait secouer dans son trou. Mais ça ne l'empêchait pas de chanter.

Koua, kouo, koui ! Koui, kouo, koua !

Et puis l'averse se déchaîna – des bœufs les cornes en bas. Poule mit le bec à sa fenêtre pour mieux voir. Grenouille, dressée dans son trou, chantonnait une devinette :

Les enfants dansent comme des fous,
La maman ne bouge pas du tout ;
Qui donc est cette famille ?
Si vraiment tu ne trouves pas,
Tant pis, donne ta langue au chat.
La maman est un tronc d'arbre
Et les enfants ses ramilles.

Poule haussait les épaules. C'était bien le moment de chanter !

Mais Grenouille chantait de bon cœur, en battant la mesure du pied. Tout à coup, splich-splach ! Quoi ? Qu'est-ce que c'est que ça ? De l'eau dans le trou ? Partout ?

L'eau montait dans le trou de Grenouille.

— Hé, mais ! En voilà une histoire !

L'eau montait, montait, et bientôt Grenouille, flotte-flottille, se trouva emportée hors du trou. Au fil de l'eau, toujours flottant, elle passa devant la case de la poule, et lui lança en guise de salut :

— Koui, kouo, koua ! Beau temps, n'est-ce pas ?

— Tu peux toujours chanter ! dit la poule. Bientôt tu changeras de refrain.

Presque aussitôt la pluie redoubla, et ses gouttes criblèrent Grenouille d'une grêle de coups d'aiguille. Grenouille n'apprécia pas du tout :

Koui, kouo, koua,
Là, c'est trop pour moi !
Koua, kouo, koui,
Où trouver abri ?

Où trouver abri ? C'était simple. Hop, hop, hop, en trois bonds, Grenouille était à la porte de la case.

— Poule, Poule, ouvre-moi ! La pluie va trouer ma peau fine !

— Clic, clac, cloc, pas question ! M'as-tu aidée à faire ma maison ? Tout le temps que j'ai travaillé, tu as ricané en douce. Et maintenant tu voudrais entrer ?

— Oui, et si tu ne m'ouvres pas, alors moi j'appelle le chat, le grand méchant chat, qui dévore tout ce qui a des plumes.

— Retourne à ton trou ! dit la poule.

— Chat, chat ! cria la grenouille. Viens ici croquer la poule !

— Mais tais-toi donc, idiote, dit la poule, en lui entrouvrant la porte. Allez, entre, et ferme ton bec.

Grenouille entra d'un bond et s'accroupit près de la porte. La pluie cinglait comme un fouet, mais les murs de la case étaient tissés serré, pas une goutte ne s'y faufilait. Grenouille s'adossa à la porte, étira ses orteils engourdis et se massa la peau. Poule retourna s'asseoir près du feu.

— Poule, demanda soudain Grenouille, je peux venir près du feu aussi ?

— Clic, clac, cloc, pas question ! M'as-tu aidée à ramasser le bois ? Tout le temps que j'ai travaillé, tu as ricané en douce. Tout le temps que j'ai ramassé ce bois, toi tu t'es tourné les pouces. Et maintenant tu voudrais profiter de mon feu ?

— Oui, et si tu ne me laisses pas approcher, alors, moi j'appelle le chat, le grand méchant chat, qui dévore tout ce qui a des plumes.

— Non, Grenouille, ce serait du chantage,

et tu le sais aussi bien que moi. Jamais tu ne ferais chose pareille.

Mais Grenouille ouvrait grand la porte.

—Ah, tu crois ça ? Chat ! Chat ! Viens ici croquer la poule !

La poule courut à la porte, la claqua, tira le verrou.

— Bon, ça va, fripouille ! cria-t-elle. Va t'asseoir près du feu, et puisses-tu y rôtir !

Grenouille ne fit qu'un bond près du feu.

— Hmmm, que ça fait du bien de se réchauffer les pieds !

Et les orteils en éventail elle se massait la peau avec soin. Pendant ce temps, la poule faisait griller son mil et commençait à le manger.

— Poule, demanda la grenouille, je peux avoir du mil aussi ?

— Clic, clac, cloc, pas question ! M'as-tu aidée à le récolter ? Tout le temps que j'ai travaillé, tu as ricané en douce. Tout le temps que j'ai ramassé le bois, toi tu t'es tourné les pouces. Tout le temps que j'ai glané le mil, tu n'as fait que gober les mouches. Et maintenant tu voudrais manger ?

— Oui, et si tu ne me donnes pas de ce mil,

alors moi j'appelle le chat, le grand méchant chat, qui dévore tout ce qui a des plumes.

— Si tu crois que j'ai peur de tes simagrées ! dit la poule.

Mais Grenouille ouvrait la fenêtre et criait à plein gosier :

— Chat ! Chat ! Viens ici croquer la poule !

La poule referma la fenêtre d'un coup sec et tira le verrou.

— Bon, ça va, fripouille ! Sers-toi ! Manges-en donc, de ce mil ! Et puisses-tu t'en étouffer !

Grenouille ne se fit pas prier, et bientôt tout le mil fut mangé. Grenouille se frotta la panse, s'étira, s'allongea sur un coude, bâilla. Bien au chaud, l'estomac plein, il ne restait plus qu'à dormir.

— Poule, demanda la grenouille, je peux me coucher sur ton lit ?

— Clic, clac, cloc, pas question ! M'as-tu aidée à faire ce lit ? Tout le temps que j'ai travaillé, tu as ricané en douce. Tout le temps que j'ai ramassé le bois, toi tu t'es tourné les pouces. Tout le temps que j'ai glané le mil, tu n'as fait que gober les mouches. Tout le temps que j'ai préparé ce lit, tu t'es vautrée dans la mousse. Et maintenant tu voudrais me prendre mon lit douillet ?

— Oui, et si tu ne me laisses pas m'y coucher, j'appelle le chat, le grand méchant chat, qui dévore tout ce qui a des plumes.

— Tais-toi donc un peu, tu radotes.

Mais Grenouille se mit à faire des bonds sur place, en hurlant à s'égosiller :

— Chat ! Chat ! Viens ici croquer la poule !

— Oh, la paix, tu me rendras sourde ! Et puis tiens, vas-y, espèce de bonne à rien ! Va te prélasser sur mon lit.

Grenouille s'affala sur le lit de la poule et dormit d'un sommeil de bûche. Elle ronflait comme un sapeur lorsque enfin l'averse cessa.

Aussitôt, Poule sortit vérifier si ses potirons étaient toujours bien sur le toit. Elle gardait l'œil aux aguets ; le chat n'était peut-être pas loin.

Mais les potirons étaient là, et le chat n'y était pas.

— Parfait, dit la poule.

Et elle rentra en claquant la porte. Le fracas réveilla Grenouille en sursaut. Courageuse comme elle l'était, elle plongea sous le lit.

— Maline, gloussa la poule. L'orage est terminé, va.

La grenouille s'extirpa des herbes sèches et dit :

— J'ai faim.

— Eh bien, monte sur le toit, tu y trouveras des potirons. Choisis les plus beaux et rapporte-les-moi, je les ferai cuire.

— Mmmm, dit Grenouille. Du potiron. J'ai toujours adoré ça.

Mais elle restait assise sur le lit.

Poule jeta un coup d'œil à la fenêtre. Là-bas, haut dans le ciel, elle vit une ombre noire. Aha, elle s'en était doutée ! Elle l'avait presque sentie venir…

— Allons, Grenouille, secoue-toi un peu. Saute sur le toit et va me chercher un ou deux potirons. Tu n'en as pas pour une minute, et tu pourras te reposer tout ton soûl pendant que je cuisinerai.

Grenouille soupira, sortit, sauta sur le toit. Elle choisit le plus gros potiron et l'envoya rouler au sol. Poule était à la fenêtre, qui regardait l'ombre noire. L'ombre grossissait, grossissait.

Le faucon !

Le faucon ne quittait plus des yeux Grenouille au milieu de ses potirons. Grenouille était trop occupée à choisir les plus beaux, les plus ronds, pour voir l'ombre de l'oiseau passer sur le toit de chaume.

Et tout à coup, comme une pierre, Faucon se laissa tomber. Il allongea les serres et flomp ! cueillit Grenouille au passage. Déjà il repartait vers le ciel.

— Au secours ! coassait Grenouille. Au secours ! Poule, Poule, fais quelque chose ! On m'emporte, fais quelque chose !

— Clic, clac, cloc ! dit la poule. Appelle donc le chat ! Tu sais bien, le grand méchant chat, qui dévore tout ce qui a des plumes ! Cloc, clac, clic. Claa, clii.

Bien à l'abri derrière la fenêtre, elle regardait le faucon s'éloigner à tire-d'aile. Il redevenait petit, petit, comme un point.

À la bonne heure, au moins, se disait-elle. Me voilà débarrassée de cette chasse-la-paix ! J'en avais plus qu'assez de sa vilaine habitude d'appeler ce chat pour un oui ou pour un non.

Le faucon n'était plus qu'un grain de poussière dans le bleu du ciel. Si Grenouille avait appelé le chat, il n'était pas venu, en tout cas.

Alors, la poule, reprenant ses aises, se cuisina le plus gros potiron et s'y attaqua aussitôt. Elle se sentait d'humeur si joyeuse qu'elle en avala dix-huit assiettées. Après quoi, le jabot content, elle s'installa sur son lit en gloussant, l'œil mi-clos :

Clic, clac, cloc. Cloc, clac, clic,
Qui me plaît, je l'invite ;
Qui me déplaît,
Du balai !
J'ai mangé le potiron
Ça vaut mieux que l'inverse, non ?

Pourquoi le buffle et l'éléphant ne seront jamais bons amis

Conte du Nigeria

Gare aux oreilles et battez tambours ! Place pour une histoire à tout ébranler, tout assourdir, tout faire trembler : l'histoire d'une vieille querelle qui n'en finira pas, la brouille entre l'éléphant et le buffle ; et comment le brave petit singe — tout dans la queue, rien dans la tête — n'a pas pu arranger les choses.

Depuis toujours, Buffle et Éléphant se regardent de travers. Chacun a ses raisons, que chacun estime bonnes. En tout cas leur bisbille remonte à des lunes et des lunes, et jamais au grand jamais ils n'ont pu la régler une bonne fois.

Éléphant est costaud, mais Buffle n'a rien de chétif. D'ailleurs dans la savane, on ne fait pas de détail ; ces deux-là, pour tout le monde, ils portent le même nom : ce sont les deux gros, simplement.
Déjà, ils ne peuvent pas faire trois pas sans qu'aussitôt la terre tremble – pom, pom, podom. Mais quand ils donnent de la voix, c'est pire. Toute la savane retentit. Or ils ne s'en privent pas de donner de la voix, les gros !
Toujours à barrir ou mugir, clabauder, lancer des fanfaronnades. C'est bien de là que viennent tous leurs ennuis.
Éléphant ne se prend pas pour rien ; c'est lui le plus grand, c'est lui le plus fort, voilà ce qu'il clame à tout-venant. Il ne manque jamais d'ajouter que ce moucheron de Buffle, le pauvre, ne lui arrive pas à la cheville.
Et quand Buffle entend rapporter qu'Élé-

phant le traite de moucheron, les oreilles lui chauffent, bien sûr.

Mais Buffle sait se battre et n'a peur de personne. Alors, sans se démonter, il charge ses messagers de deux ou trois compliments à retourner à l'éléphant.

Sur leur chemin, quand ils se baladent, ni l'un ni l'autre ne craignent guère les encombrements : comme on les entend venir de loin, toute la savane, poliment, s'écarte pour leur laisser le passage. Mais que leurs routes se croisent et c'est la bagarre assurée. Ni Éléphant ni Buffle ne bougera d'un pouce pour céder la voie libre à l'autre. L'ennui, c'est que leurs routes se croisent souvent.

Un jour, il n'y a pas si longtemps, les voilà qui débouchent en même temps sur la route du village.

— Allez ouste, dit l'éléphant. Range cette croupe et laisse-moi passer, ou je te mets les cornes en spirale !

— Eh, ôte-toi de mon chemin, pif de chenille ! dit le buffle. Ou je te fais des nœuds à la trompe !

Après pareilles amabilités, la collision est inévitable. Éléphant ouvre le ban. Et vlan sur l'arrière-train du confrère ! Buffle répond d'une ruade. Le tango commence.

De coup de corne en coup de sabot, de coup de trompe en coup de reins, les voilà tous deux dans un champ de sorgho, qui roulent, qui roulent et qui écrasent tout. Il n'en restera plus rien, de ce sorgho, du train où ils y vont ! Les villageois lèvent les bras au ciel.

— Mais arrêtez, quoi ! Arrêtez ! Nos récoltes ! Vous les massacrez ! Singe, va les trouver, et dis-leur d'arrêter.

Le singe court se percher dans un arbre, juste au-dessus de la mêlée, et s'y suspend par la queue.

— Dites, vous deux ! C'est bientôt fini ? Vous avez vu ce que vous faites ? C'est du joli !

Mais le singe a beau s'égosiller, il n'a pas une bien grosse voix. Buffle et Éléphant ne l'entendent pas. D'ailleurs ils ont mieux à faire. Ils se battent.

Arrive enfin le chef du village, qui leur crie d'arrêter. Et les deux compères se relèvent, l'oreille basse. Quand le chef donne un ordre, tout le monde obéit.

— Eh bien ? Pourquoi ce tapage ? demande le chef, l'air sévère.

Le singe bondit à ses pieds.

— C'est une bagarre. Personne n'a gagné. Pas Buffle en tout cas. Ni Éléphant. Mais pourquoi se battent-ils tout le temps comme ça ? Ils ont la tête aussi dure l'un que l'autre. Ni l'un ni l'autre n'a jamais le dessus.

— Tiens, pardi ! rugit l'éléphant. C'est *moi* qui aurais eu le dessus, si Buffle ne m'avait pas envoyé des coups de corne ! Oui, parfaitement, j'aurais eu le dessus !

— Tiens, pardi ! mugit le buffle. C'est *moi* qui aurais eu le dessus, si Éléphant ne m'avait pas ligoté les pattes dans sa trompe. Oui, parfaitement, j'aurais eu le dessus !

— Avec des si, coupe le chef, on vous transformerait tous deux en tam-tams, et ce serait bien mieux pour tout le monde.

Tout le monde rit, sauf Buffle et Éléphant. Éléphant a une idée.

— Et si vous nous aidiez à trancher ? À décider qui est le plus fort ? Il nous faut quelqu'un pour arbitrer, ou nous n'y arriverons jamais.

Le chef jette un coup d'œil au sorgho dévasté. Il faut faire quelque chose, c'est sûr. Il consulte un moment les anciens du village. Ils palabrent en secret, puis le grand chef déclare :

— Le prochain jour de marché, sur la place, Éléphant et Buffle s'affronteront en combat singulier. Le vainqueur du combat sera déclaré le plus fort, et la question sera réglée une fois pour toutes. Habitants de ce village et des environs, vous êtes tous conviés à servir de témoins. Qu'on se le dise !

Les deux gros donnent leur accord, on arrête les détails du combat. Et les villageois retournent à leurs occupations, au son des tambours et des calebasses. Bong bong bong, dong dong dong, pittipong pittipong !

Le jour du marché suivant, Buffle se lève aux aurores. Il tient à arriver le premier, en signe de bravoure. Il s'étire, s'ébroue, et prend la direction du village. Chemin faisant, il demande aux passants : « Vous n'auriez pas vu Éléphant ? » Mais personne n'a vu son compère. À mi-chemin du village, Buffle décide de l'attendre.

Il s'installe en travers de la route – qu'il barre complètement à lui seul – et a tôt fait de perdre patience. Il laboure le sol à coups de sabot, prend les passants à témoin :

— Mais enfin, qu'est-ce qu'il fabrique ? Dites, vous n'auriez pas vu le gros ? Le gros gros ?

Le singe vient à passer. Le buffle l'interroge.

— Moi ? dit le singe. Comment veux-tu que je le sache, ce que fabrique le gros gros ? Dis, je ne suis qu'un petit singe ! Le gros gros ne me tient pas au courant de ses allées et venues. Toi, cependant, tu devrais aller sur la place du marché, parce que c'est là que le grand chef a dit qu'il faut vous battre.

Buffle laisse passer le singe, mais ne suit pas son conseil. Là où il est, il restera. Il arrête la biche, le zèbre, le sanglier ; personne n'a vu l'éléphant. C'est alors que, du fond de la brousse, monte un barrissement puissant.

Et peu après, sur le chemin, débouche Éléphant, en grande forme. Il est passé à travers bois, histoire de se préparer au combat. Piétiner les buissons, déraciner quelques arbres, rien de tel pour vous échauffer. Mais là, sur la route du village, ce qu'il voit l'échauffe davantage. Buffle en travers du chemin, qui lui barre le passage !

— Allez, secoue ton lard, et file sur la grand-place ! dit Éléphant entre ses dents. C'est là-bas qu'on nous attend.

Mais Buffle n'apprécie pas qu'on lui parle sur ce ton. Il ne bouge pas d'un poil, et jette à l'autre un regard mauvais.

— Enfin, tu vas te remuer un peu, mufle plat ? dit l'éléphant.

— Essaie donc de me remuer toi-même, pif d'anguille ! dit le buffle.

Alors le singe, qui a tout vu, leur crie de sa voix aiguë.

— Oh, non, non, non, non ! Pas de bagarre ici ! Le chef a dit : sur la place du marché !

Peine perdue. Le baroud commence, et cette fois ce n'est pas un champ de sorgho qui tourne au champ de bataille, mais deux, mais dix, et autant de champs de mil, plus deux ou trois cases pour faire bonne mesure. Les villageois, terrorisés, s'écartent à distance respectable, et regardent avec horreur leurs récoltes mûres redevenir labours. Les anciens du village, alertés, refusent d'en croire leurs yeux. Désobéir au chef ? C'est impensable, inimaginable. Ils appellent le singe à grands gestes.

— Singe, toi qui cours vite, va prévenir le chef ! File ! Va le prévenir de ce qui se passe.

Singe s'élance. Il a tout vu depuis le début, il pourra donc tout raconter. Il court, bondit d'arbre en arbre, se balance de branche en branche en poussant des cris perçants. Il s'arrête un instant pour reprendre son souffle et tout à coup se gratte la tête. Mais ?! Où court-il comme ça, au fait ? Pourquoi est-il si pressé ? Il n'en a plus la moindre idée. Comme il arrive souvent aux singes, à se balancer la tête en bas, il a soudain perdu la mémoire et ne se souvient plus de rien.

— Voyons, voyons… C'était urgent… Mais de quoi s'agissait-il ? De quoi, de qui, pour quoi, pour qui ?

Comme toujours en pareil cas, le mieux est encore de danser.

— Choubidou-bi, choubidou-ba ! chante Singe en se prenant la queue.

Et comme toujours en pareil cas, la

mémoire lui revient d'un coup. Ah, voilà ! Buffle et Éléphant, prévenir le grand chef…

— Youpii ! Scoubidou-bi, scoubidou-ba !

Singe est tellement content d'avoir retrouvé le fil de ses idées qu'il part comme une flèche pour être sûr de ne plus oublier. Hélas, le temps d'arriver, et le contenu de sa tête s'est une fois de plus envolé. Tout ce qu'il y retrouve, c'est : Scoubidou-bi, scoubidou-ba ! Et ce n'est sûrement pas ce qu'il est venu dire au chef.

Bah, il est arrivé, après tout c'est toujours ça. Le tout est de prendre l'air occupé, en attendant que les souvenirs reviennent.

Singe commence par s'asseoir, inspecte sa fourrure. Il en a pour une bonne minute, et soudain hop ! Il saute sur le toit, attrape un insecte, le gobe, redescend. Avoir l'air occupé, avoir l'air occupé. Il se trouve une pierre et la fait rouler, en avant, en arrière, en avant. Mais il se lasse vite à ce jeu et se saisit d'un bâton, pour taper sur la pierre en cadence. Et ouic et ouac et ouic et ouac, mais le bâton se casse. Alors il en ramasse les morceaux, les lance dans un fourré, lance la pierre avec…

Et maintenant, que faire ? Il se prend la tête à deux mains… Tiens, une mante religieuse qui passe en voletant, elle entre dans la case du chef, fait tout le tour de la pièce, se pose sur le sol, les mains jointes en prière. Singe s'approche, allonge le bras, il va l'attraper… La grosse voix du chef le fait sursauter.

— Ah, c'est toi, Singe ?

— Euh, ou-oui, c'est moi, sire. Je crois.

— Et que viens-tu faire ici ?

— Vous… vous voir, sire.

Singe incline la tête de côté, tâche de prendre un air avisé. Il se creuse la cervelle pour trouver qu'ajouter. Mais sa pauvre tête est vide, plus vide qu'une calebasse. Alors il essaie de parler du temps, de pierres, de bâtons, de mantes religieuses…

Le chef s'éclaircit la voix.

— Bien. Si c'est tout ce que tu as à me dire, prends-toi plutôt une banane, va. Il y en a un régime suspendu sous la tonnelle.

Singe ne se le fait pas dire deux fois. Il va se choisir une grosse banane et revient dans la case du chef. Il épluche sa banane, en croque un petit bout, la regarde. Comment faire durer de longues minutes la dégustation d'une banane ?

— Singe, dit soudain le chef. Éléphant et Buffle ne devraient-ils pas être ici, depuis le temps ? Je les ai attendus toute la matinée sur la place du marché. Ils avaient promis d'être là pour leur grand combat, aujourd'hui.

Singe saute sur ses pieds et fait la roue de joie. Oui ! Voilà ! Voilà ce qu'il était venu faire ! Annoncer au chef que les deux gros se battaient comme des fous, là-bas. En deux bouchées, il finit sa banane, et il raconte toute l'affaire au chef.

— Ah, c'était donc ça ! Merci, Singe, merci pour le renseignement. Tu peux te prendre une autre banane, pour la peine. Quant à Buffle et Éléphant, attends voir, je vais les gâter, eux aussi !

Le chef réclame son arc et ses flèches, et se fait conduire par le singe sur les lieux de la corrida. Arrivé sur le terrain, il ne voit que ruine et désastre. Plusieurs cases ont disparu. Le chef n'élève pas la voix, ne pose pas de questions, ne dit rien. Il prend une flèche, vise et tire. Et recommence une deuxième fois.

Ouaille ! Éléphant se tord. Là, dans sa croupe, quelque chose l'a mordu méchamment.

Ouaille ! Buffle se cambre. Là, dans sa croupe, quelque chose de cuisant s'est planté.

Mais le chef n'en a pas fini. Déjà il décoche une seconde volée de flèches, s'apprête à en tirer une troisième.

Buffle et Éléphant ont compris. Ils plantent là leur combat, filent sans demander leur reste. Ils ont plongé dans la brousse, on ne les voit déjà plus du tout. Longtemps encore on les entend – plom plom, plom plom. Puis plus rien.

Le grand chef ne veut plus qu'on lui parle du buffle ni de l'éléphant, et encore moins d'arbitrer leur querelle. Mais Buffle et Éléphant se le tiennent pour dit. Désormais, s'ils se battent, c'est dans la brousse ou la savane, jamais sur la voie publique – plus jamais.

N'empêche que, dans l'affaire, ils ont perdu leur chance de trancher une bonne fois la question de savoir qui des deux est le plus fort. Chacun prétend que c'est lui, bien sûr. Quand ils se retrouvent nez à nez sur une route, ils discutent à n'en plus finir. Quand ils se retrouvent nez à nez en brousse, ils se battent.

Et tous les singes de la savane n'y pourront rien. La paix n'est pas pour demain.

L'homme qui comptait les cuillerées

Conte haoussa

Il était une fois un brave homme, qui s'appelait Tagwayi. Plus têtu que le roc, mais doux comme la brise, c'était vraiment un bon garçon, et bien fait de sa personne, qui plus est. Pour se trouver une épouse, il n'avait que l'embarras du choix. Mais pour se la garder, c'était une autre affaire.

Tagwayi ne restait jamais marié longtemps à cause d'une étrange habitude : il comptait tout.

Il comptait tout, mais vraiment tout ! Ses pas quand il allait au village, ses pas quand il en revenait ; les cases tout au long du chemin, les arbres, les gens, les poules et les pintades, les sillons qu'il traçait dans les champs. Il comptait tout avec ardeur, pour le seul plaisir de compter. Il aimait la chanson des chiffres, il aimait les additionner. Oh, ce n'était pas de l'avarice, ni de la cupidité. C'était vraiment compter pour compter.

Au village, on admirait son aisance à jongler avec les nombres. Les anciens faisaient appel à lui pour résoudre des problèmes ardus. Mais il était pourtant une chose qu'il n'aurait jamais dû compter : les cuillerées de son repas quand sa femme le servait.

Compter le nombre de cuillerées qu'on vous sert, c'est pire que de les renverser. Pire que d'arracher la cuiller de la bouche de son prochain. On voit mal, à moins d'être sourd, qui pourrait vivre sans devenir fou avec quelqu'un qui, à chaque repas, compte combien de cuillerées on lui sert.

Et en effet, au bout de huit jours, la première femme de Tagwayi l'avait quitté. Sa deuxième femme, au bout de sept ; et sa troisième, au bout de six seulement. Après quoi, chaque fois qu'il se mariait, Tagwayi se retenait, au moins dans les premiers temps, de compter les cuillerées. Puis l'habitude reprenait le dessus, il se laissait aller à compter.

— Là, c'en est trop ! disait sa femme. Tant pis pour toi !

Et elle le quittait.

Tagwayi se retrouvait seul.

Les gens du village avaient inventé une petite chanson à ce propos :

Si tu comptes les cuillerées,
Ne compte pas voir ta femme rester ;
Si tu comptes les cuillerées,
Plus personne pour cuisiner !

Nul n'aurait su dire combien de femmes Tagwayi avait fait fuir, avec cette lamentable habitude. « Plus qu'en ferait fuir un bâton ! » disaient les gens du village. C'était même l'une des rares choses dont il n'avait jamais tenu le compte : le nombre de ses épouses envolées. Il n'en était pas si fier. Et puis, il en avait eu tant ! Mais maintenant, il n'en avait plus.

À croupetons à l'entrée de sa case, il soupirait devant sa marmite – où son repas avait brûlé une fois de plus. Il se berçait sur ses talons et se lamentait sur son sort.

— Seul, tout seul dans la vie, est-ce une vie ? J'ai besoin d'une femme, moi aussi !

Il prenait sa marmite à témoin, lui confiait ses misères. Mais jamais confidences n'ont changé une marmite en femme. Comme le dit le proverbe : « Parler ne résout rien ; il faut se mettre en route. »

Tagwayi se redresse. Il compte ses pas jusqu'à la porte de sa case : un, deux, trois, quatre. Il compte ses pas tout en faisant son baluchon : cinq, six, sept, huit. Il compte ses pas jusqu'au chemin : neuf, dix, onze, douze, treize. Et le voilà parti pour le village voisin : quatorze, quinze, seize...

Tagwayi marche, marche en comptant ses pas. De temps à autre il jette un coup de pied à quelque touffe de chiendent. Au-dessus de sa tête, un calao* lance son cri : « Chiline chiline ! Chiline Chiline ! » Tagwayi compte les appels du calao. Ah, un compte rond, voilà qui est parfait ! Tagwayi est sûr de se trouver une femme.

Et Tagwayi s'est bel et bien trouvé une femme, même s'il a dû, pour la dénicher, voyager plus loin que jamais.

— C'est le plus beau jour de ma vie, chante Tagwayi. Je me suis trouvé une femme.

« Chiline chiline ! Chiline chiline ! » approuve le calao.

Tagwayi est pressé de rentrer. Il prend sa nouvelle femme par la main.

— En route !

— Et si nous attendions demain matin ? dit sa femme. Il va faire nuit, nous risquons de nous perdre.

— Oh, non, dit Tagwayi. Je connais le chemin, et la lune guidera nos pas. D'ailleurs, tu connais le proverbe : « La main qui tient la cuiller pleine trouve toujours le chemin de la bouche. »

* Calao : oiseau des forêts chaudes (Océanie-Afrique-Inde) au bec énorme surmonté d'une excroissance cornée.

Ce n'est pas une cuiller pleine que tient Tagwayi, mais la main de sa nouvelle femme. Il est si content de l'avoir trouvée qu'il ne risque pas de se perdre non plus. Et il avait raison : la lune est là, qui éclaire le chemin.

Tagwayi est un autre homme. Il est si heureux, chaque matin, en route pour ses champs, qu'il fredonne en marchant :

Deux fois dix
Plus cinq fois cinq,
Quarante-cinq.
J'ajoute un, je retire trois,
Quarante-trois.
Je retire treize, je retire dix,
Et je retrouve deux fois dix !

Les gens du village l'entendent et se disent : « Tiens, il a le cœur content ! » Car Tagwayi a beau compter sans relâche, il faut qu'il soit d'excellente humeur pour mettre les nombres en musique. Mais d'excellente humeur, il l'est. Et il a de quoi l'être : il a de nouveau une femme, une femme qui cuisine bien. Il se sent le cœur si léger qu'il avance à pas chassés.

De retour des champs, chaque soir, il regarde sa femme s'activer, broyer le grain,

le cribler, le broyer de nouveau, le cribler. Il compte combien de fois elle répète chacun de ses gestes, jusqu'à ce que la farine soit assez fine pour le *tou-wôh**. Et quand sa femme verse enfin sur le tou-wôh la sauce parfumée, il ne se retient pas de chanter :
La vie est belle, le monde est beau,
Quand on est deux devant un bon tou-wôh.

« Chiline chiline », approuve le calao.

Un soir que sa femme, cuiller en main, s'apprête à le servir de tou-wôh, Tagwayi laisse échapper :

— Voyons voir, aujourd'hui, combien de cuill…

Il se mord la langue.

— Combien de quoi ? demande sa femme.

Il rit.

— Rien. Rien du tout. J'ai déjà enfourché plusieurs fois ce vilain cheval de Si-j'avais-su, on ne m'y reprendra plus.

Sa femme le sert. Il l'a échappé belle. Il tâchera, dorénavant, d'aller faire un petit tour

* Plat africain aux nombreuses variantes ; ici, signifie simplement : le « fricot ».

dehors le temps qu'elle remplisse sa calebasse. Il comptera les arbres, il comptera les papillons, les cris du calao. Et quand il rentrera souper, il ne sera plus tenté de compter. Plus du tout.

Deux semaines passent, puis trois. Un soir, Tagwayi a si faim qu'il a bientôt terminé son petit tour d'avant-souper. Il a compté les arbres, les cailloux, mais vite. Si vite qu'il rentre bien trop tôt.

Le calao se pose non loin de lui et le prévient : « Wo, woh ! Wo, woh ! »
— Quoi, wo, woh ? dit Tagwayi. C'est chiline, chiline, qu'il faut chanter, tu sais bien !
Et sur ce, il rentre chez lui. Sa femme est justement en train de servir le tou-wôh. Tagwayi s'accroupit près d'elle.
— Une cuillerée, deux cuillerées, trois cuillerées, quatre cui…
Sa femme pousse un soupir agacé. Elle murmure : « Attention… » Mais il est trop occupé à compter.
— Neuf cuillerées, dix cuillerées… Tiens, la cuiller ne revient plus.

— Et moi non plus, lui lance sa femme, je ne reviendrai plus ! Plus jamais !

Un coup de cuiller de bois sur la tête du mari, et c'est fini, elle est partie.

Tagwayi reprend ses esprits. Trop tard, il est seul une fois de plus. « Wo, woh », dit le calao tout triste.

Pauvre Tagwayi ! Il ne lui reste plus qu'à compter les jours… et le nombre de fois, dans une seule journée, que vient tinter à ses oreilles la petite chanson :
*Si tu comptes les cuillerées,
Ne compte pas voir ta femme rester ;
Si tu comptes les cuillerées,
Plus personne pour cuisiner !*
Et son talent de cuisinier ne s'améliore pas. Deux ou trois soirs d'affilée, déjà, il a laissé attacher le tou-wôh. Bien sûr, il peut à loisir compter les cuillerées qui lui restent, mais c'est une maigre consolation.

Un beau matin, enfin, le calao chante : « Chiline, chiline ! » Et c'est ce jour-là justement que Tagwayi entend parler d'une jeune fille, une vraie beauté, dans un village non loin de là. Aussitôt, il se met en route pour la demander en mariage.

— Hum, j'ai entendu parler de toi, lui dit la demoiselle.

— Ah bon, dit Tagwayi. (Ce qu'elle a entendu dire, il ne le devine que trop.) Autrement dit, tu ne veux pas de moi ?

« Chiline, chiline ! » chante le calao.

— Euh, répond la demoiselle. Je n'ai jamais dit ça.

— Autrement dit, tu veux bien ! s'écrie Tagwayi, fou de joie. Oh, la vie est de nouveau belle !

— Un instant, Tagwayi. Écoute-moi bien, si tu ne tiens pas à enfourcher une fois de plus ce grand cheval de Si-j'avais-su ! Si je t'épouse, je te préviens : il est une chose que je ne supporterai pas.

— Ah bon, et… euh… et laquelle ?

— Ton seul défaut, je le connais : il est de compter les cuillerées. Alors, j'aime autant te prévenir. Tu peux compter tout ce que tu voudras, les moutons, les grains de mil, les coquillages, mais ne compte jamais, quoi qu'il arrive, les cuillerées que je te servirai !

— Bien, dit Tagwayi. Je promets. Puisque

c'est ta seule exigence, je promets de me tenir à l'écart des marmites quand tu serviras le souper. C'est plus sûr.

Alors ils se marient, et Tagwayi emmène sa jeune femme vivre avec lui sur son petit domaine.

Les mois passent. Tous les matins, Tagwayi part au travail en chantant, et le soir, quand il rentre, le calao lui lance gaiement : « Chiline chiline ! » Et plus personne ne songe à chanter la rengaine usée : « Si tu comptes les cuillerées. » Il semble bien qu'enfin Tagwayi soit marié une fois pour toutes.

Tout au long de ces longs mois, Tagwayi reste prudent. Il n'entre chez lui pour souper que lorsque sa femme a fini de le servir. Mais un jour, une idée lui vient : s'il s'entraînait à compter tout bas ? Ce serait encore dix fois mieux.

Tagwayi s'exerce au jardin. Les arbres, les cailloux, les insectes, tout y passe. Il sait si bien compter tout bas que bientôt il n'a même plus besoin de remuer les lèvres. Encore un battement de paupières, ou des orteils à l'occasion, mais c'est à peine visible.

Enfin il peut rentrer quand il veut, et regarder sa femme lui servir ses repas. Il compte tout bas, rien à redire.

« Chiline chiline ! » chante le calao.

Sa femme, qui croit qu'enfin il a perdu pour de bon sa triste habitude, lui sert même quelques cuillerées de plus, en récompense.

Un soir qu'il est assis sur son lit, à compter en silence les cuillerées de tou-wôh qu'elle lui sert (« six, sept, huit… »), un voisin appelle à l'entrée :

— Hé, Tagwayi !

— Neuf ! répond Tagwayi.

Il se mord les lèvres, mais sa femme n'a pas réagi. Elle n'a même pas poussé de soupir. Elle continue de le servir.

Tagwayi répond au visiteur, sans détacher les yeux du chaudron. Le calao vient se poser non loin et le prévient : « Wo, woh ! Wo, woh ! » Mais Tagwayi n'y prend pas garde.

Sa femme en est à onze cuillerées, et s'apprête à servir la douzième quand Tagwayi revient vers elle.

— Ma foi, lui dit-il, si je n'avais pas abandonné l'habitude de compter les cuillerées, je dirais que tu en es à douze.

— Abandonné l'habitude ! s'écria sa femme,

furieuse. Tu crois peut-être que je ne t'ai pas entendu, quand tu as dit « Neuf » à l'instant ? J'ai cru un moment que c'était une erreur, mais je vois bien que tu l'as gardée, au contraire, ta vieille habitude !

— Enfin, m'as-tu entendu compter ? Je n'ai pas compté, il me semble ! Mais dis-moi, euh… c'est bien douze cuillerées que tu m'as servies, n'est-ce pas ?

— Oui, et c'étaient les douze dernières ! Tiens, la voilà, ta cuiller ! (Elle la lui lance sur le pied.) Tu pourras compter tout ton soûl, je te quitte !

Et dès le lendemain matin elle s'en va pour ne plus revenir.

— Mais que vais-je devenir, sans toi ? se désole Tagwayi.

— Tu n'as qu'à compter les brins d'herbe ! dit-elle en tournant les talons. Au moins, ça t'occupera !

« Wo, woh ! » pleure le calao.

Tagwayi n'a plus de femme. Plus moyen d'en trouver une. Il est resté assis par terre, où sa dernière femme l'a laissé. Et comme ce sont les brins d'herbe qu'il compte, gageons qu'il y est encore.

Pourquoi Grenouille et Serpent ne jouent jamais ensemble

Nigeria

Maman Grenouille avait un fils. Maman Serpent aussi. Un jour les deux enfants, chacun de son côté, sont sortis jouer dehors.

Maman Serpent a dit à son petit :

— Et sois prudent, hein ? Fais bien attention. Tout ce qui est grand est méchant, surtout ce qui a griffes et dents. Et ne va pas tout seul dans la brousse, tu serais sûr de t'y perdre. Et rentre avant la nuit, tu m'entends ?

Serpenteau, ondulant dans l'herbe, est parti en sifflotant.

— Grifédan, Grifédan, tout ce qui est grand est méchant.

Maman Grenouille a dit à son petit :

— Et sois prudent, hein ? Fais bien attention. Tout ce qui est grand est méchant, surtout ce qui a bec ou dents. Et ne va pas tout seul dans la brousse, tu serais sûr de t'y perdre. Et rentre avant la nuit, tu m'entends ?

Grenouillot est parti en sautillant de pierre en pierre et en récitant :

— Bécoudan, Bécoudan, tout ce qui est grand est méchant.

Serpenteau chantait encore le chant du grand méchant Grifédan, Grenouillot de son côté celui du grand méchant Bécoudan quand ils se sont retrouvés nez à nez dans les hautes herbes. Ils ne s'étaient encore jamais vus.

— Eh ! mais, qui es-tu, toi ? a demandé Grenouillot. Pas un Bécoudan, j'espère ?

Déjà il fléchissait les pattes, prêt à se sauver d'un bond.

— Oh non! a répondu Serpenteau. Je ne crois pas, en tout cas. Maman m'appelle Fils de Serpent. Dans ma famille on est agile, on siffle, on glisse, on se faufile, il paraît qu'on est des reptiles ; donc sûrement pas des Bécoudans. Mais toi, au fait, tu t'appelles comment? Pas Grifédan, j'espère?

Déjà il amorçait une boucle, prêt à filer dans les hautes herbes.

— Pas du tout, je suis Grenouillot, Maman m'appelle Fils de Grenouille. Dans ma famille on est tout rond, on saute, on plonge, on fait des bonds, on s'appelle Grenouille ou Crapaud, mais certainement pas Grifédan.

Ils se sont regardés un instant, puis se sont écriés en chœur.

— Tu n'es pas du tout fait comme moi.

Leurs yeux se sont mis à briller. Ils avaient beau ne pas être de la même famille, ils savaient tous deux ce qu'on doit faire quand on vient de dire la même chose en même temps.

Grenouillot a avancé une patte, Serpenteau le bout de la queue, ils ont serré bien fort et récité en chœur:

Fais un vœu,
J'en fais un aussi
Et que les deux
Soient accomplis!

Chacun a fait son vœu en silence et lâché l'autre.

À cet instant est passée une mouche, et flip! Grenouillot l'a cueillie d'un coup de langue. Un hanneton la suivait de près, et flop! Serpenteau l'a gobé au vol.

Ils se sont regardés encore, pleins d'admiration l'un pour l'autre. Ils se sentaient vraiment bien, ensemble. Presque autant que de vieux amis.

— Si on jouait? a dit Grenouillot.

— Juste ce que je voulais! a dit Serpenteau. C'était mon vœu. Allons jouer dans la brousse.

Grenouillot en a sauté de joie.

— Oui, oui, dans la brousse! C'était mon vœu, justement: qu'on aille jouer tous deux dans la brousse. Tout seul, Maman ne veut pas que j'y aille, mais avec toi j'ai sûrement le droit.

L'instant d'après, au cœur de la brousse, ils se lançaient dans de grands jeux.

— Regarde un peu ! criait Grenouillot, perché sur une souche. Je vais sauter. Attention, uuun, deeeuuux, troooiiis, zou !

Et sur ses grandes pattes élastiques, hop ! il faisait le saut de l'ange.

— À mon tour, disait Serpenteau.

Il se coulait au sommet de la souche, se hissait sur la pointe de la queue, et hop ! s'élançait en l'air… Pour retomber piteusement, plus entortillé qu'un écheveau. Il riait et recommençait, sans guère plus de succès.

Plus drôle encore, ils se perchaient tous deux, sautaient en même temps et hop ! s'emboutissaient dans les airs. Mais ils ne se faisaient pas mal ; ils étaient aussi lisses et mous l'un que l'autre.

— Et maintenant regarde ! disait Serpenteau en regagnant la souche. Je vais ramper. Attention, uuun, deeeuuux, troooiiis, zouitch !

Et sur son ventre lisse et blanc, il se coulait jusqu'au sol.

— À mon tour, disait Grenouillot.

Il se mettait à plat ventre, gesticulait comme un pantin, commençait à glisser, terminait en roulé-boulé. On les entendait rire du fin fond de la brousse. Une partie n'attendait pas l'autre. Ils s'amusaient comme des fous et ne sentaient pas le temps passer. Avant la fin de la journée, ils étaient amis jurés.

Le soleil allait se coucher quand tout à coup Serpenteau s'est souvenu de sa mère.

— Oh, il faut que je m'en aille. J'ai promis à maman de rentrer avant la nuit.

— Moi aussi, a dit Grenouillot. Au revoir ! Peut-être à demain ?

Là-dessus, ils ont voulu s'embrasser, et Serpenteau était si heureux qu'il a serré Grenouillot très fort en l'enlaçant de plusieurs boucles. Que c'était bon d'étreindre un ami !

— Hé là, doucement ! a dit Grenouillot. Pas si fort, tu m'étouffes.

— Oh, pardon, a dit Serpenteau en desserrant un peu ses anneaux. Mais si tu savais comme je t'aime ! Je te trouve adorable, adorable à croquer !

Ils sont partis d'un grand fou rire, et se sont encore embrassés, un peu moins fort que la première fois.

— Moi aussi je t'aime bien, a dit Grenouillot. Tu es mon meilleur copain.

Et tous deux ont conclu en chœur :

— Allez, salut, à demain.

Fais un vœu,
J'en fais un aussi,
Et que les deux
Soient accomplis !

Et les voilà partis chacun de son côté, saute et saute, glisse et glisse, chacun vers sa chacunière.

Arrivé devant son trou, Grenouillot a frappé trois coups, et Maman Grenouille a ouvert.

— Mais d'où sors-tu donc, galapiat ? Tu es couvert d'herbe et de terre, regarde-moi ça, tu crois que c'est propre ?

— Bah, ça partira au lavage. Je me suis rudement bien amusé !

— Bien amusé, et avec qui ? Sûrement pas dans le marigot, avec tes amis grenouillots. À te voir, on dirait que tu as traîné toute la journée en brousse !

— Mais je n'y suis pas allé tout seul, M'man. J'y suis allé avec un copain. Si tu le voyais, il te plairait bien.

— Il me plairait, ah, tu crois ? Un gaillard qui traîne dans la brousse ?

— Regarde ce qu'il m'a appris à faire.

Et Grenouillot s'est jeté à plat ventre pour montrer à sa mère comme il savait bien ramper. La feuille de nénuphar qui servait de tapis a pris de vilains plis.

— Et tu trouves ça élégant ! s'est fâchée Maman Grenouille. Veux-tu bien te redresser tout de suite ! M'as-tu déjà vue me tortiller comme ça ? J'aimerais savoir qui est cet ami qui t'apprend des horreurs pareilles.

— Il s'appelle Fils de Serpent.

— Quoi ? Serpent ? Fils de Serpent ?

— Oui, Fils de Serpent. Pourquoi ?

Maman Grenouille en était verte. Elle tremblait comme la feuille, alors elle s'est assise. Et elle a coassé d'une voix chevrotante :

— Écoute, Grenouillot, écoute bien ce que je vais te dire. Ton copain Fils de Serpent ne vient pas d'une bonne famille. Les Serpents sont des méchants. À éviter absolument. Tu m'entends, au moins, Grenouillot ?

— Des méchants ? Les Serpents ? Fils de Serpent est gentil, tu sais.

— Ne t'y fie pas, ce sont des sournois. Des perfides, tous autant qu'ils sont. Double langue et entourloupettes. Du venin plein la bouche, des anneaux prêts à t'étouffer...

— Du venin ? M'étouffer ?

— Parfaitement, aussi – tu m'entends ? – si jamais tu revois ce Serpent, fais-moi le plaisir de déguerpir, tu n'as rien à faire avec lui. Et que je ne te revoie pas te contorsionner comme ça. Ramper, c'est bon pour ces sans-pattes. Très peu pour nous, merci.

Tout en mettant le couvert, elle marmottait encore :

« Jouer avec un Serpent, je vous demande un peu ! »

Elle a posé devant son petit une bonne bolée de bouillie.

— Allons, mange, et n'oublie pas : je n'engraisse pas mon Grenouillot pour faire le régal d'un serpent, crois-moi !

De son côté, Serpenteau était rentré à la maison.

— Maman, j'ai faim, faim, très très faim !

— Hé! mais d'où sors-tu? Regarde dans quel état tu es! La langue pendante et le souffle court, qu'as-tu donc fait, toute la journée?

— Moi? J'ai joué, Maman. Seulement joué. Dans la brousse. Avec mon nouveau copain. À tout un tas de jeux nouveaux. Regarde ce qu'il m'a appris.

Serpenteau est grimpé sur la table et hop! il a tenté le saut périlleux. Bien sûr il a manqué son coup, il a renversé le tabouret et s'est entortillé dedans.

— Allons bon, voilà autre chose! s'est écriée Maman Serpent. Quel jeu stupide et dangereux! À se briser le cou en moins de deux. Qui donc est ce nouvel ami qui t'enseigne pareilles sottises?

— Fils de Grenouille, je crois qu'il s'appelle. C'est lui qui m'a montré ça. Tu devrais essayer. C'est à mourir de rire.

— Grenouille? Tu as bien dit Fils de Grenouille?

— Oui. Et c'est mon meilleur ami.

— Quoi? Qu'est-ce que tu racontes? Tu joues pendant des heures avec un grenouillot et tu rentres à la maison l'estomac dans les talons ?

— Oh, mais lui aussi avait faim, Maman. On s'est tellement bien amusés ! Je lui ai même appris à ramper.

— Miséricorde, mon pauvre enfant ! Viens donc un peu par ici, et écoute bien ce que je vais te dire.

Alors Serpenteau, docile, s'est enroulé sur son tabouret en ouvrant toutes grandes les ouïes.

— Ne sais-tu donc pas, mon garçon, que nous autres Serpents sommes grands amateurs de grenouilles ?

— Amateurs, comment ça ? Qu'est-ce que ça veut dire, amateur ?

— Amateur signifie qu'on aime bien quelque chose, a expliqué Maman Serpent.

— Mais justement j'aime bien Grenouillot ! s'est écrié Serpenteau.

— Non, non, tu n'as pas compris. Nous les aimons *à croquer*. Nous les aimons au dîner. Sur la table, pas en invités. Une vieille tradition de famille — contrairement à ces bonds idiots, que je t'ordonne d'abandonner.

Dans les yeux dorés de Serpenteau, la fente noire s'est faite toute ronde.

— Tu veux dire que nous les mangeons ? Oh, je ne pourrai jamais. Et surtout pas Grenouillot. C'est un copain, tu comprends.

— Un copain ! Qu'est-ce que tu me chantes ? Mais ça n'a ni queue ni tête ! Comme si on faisait du sentiment entre grenouilles et serpents ! Maintenant, écoute-moi, petit : la prochaine fois que tu vois ton ami, fais le fou avec lui, mais sitôt que la faim te prend, fini de jouer, mange-le !

Serpenteau n'a rien dit. Il a baissé le nez, il est allé se coucher.

Le lendemain matin, Serpenteau s'est levé tôt. Il s'est faufilé sans bruit hors de son lit d'herbes sèches, s'est étiré longuement. Le souvenir lui est revenu des paroles de sa mère, la veille, et du frisson de plaisir qui lui a couru le long de l'échine en étreignant son ami. Il a avalé distraitement son petit déjeuner d'œufs de loriot et s'est coulé hors du trou.

— Et n'oublie pas, lui a rappelé sa mère, ce que je t'ai dit des grenouilles. Méfie-toi de tout ce qui est grand, de tout ce qui a griffes et dents, mais les grenouilles, régale-t'en.

— Grifédan, Grifédan, chantait Serpenteau en rampant.

Il est allé dans la brousse pour y attendre Grenouillot. Il lui tardait de faire le fou, tout le jour, avec son ami, et de couronner la journée en se délectant de lui. Que ce serait bon de le serrer, serrer fort, de l'enlacer à l'en étouffer!

Le soleil était bon aussi, et Serpenteau chantait tout haut:

Fais un vœu,
J'en fais un aussi,
Et que les deux
Soient accomplis!

Mais le soleil montait, montait, et Grenouillot ne venait pas.

— Eh bien, il en met du temps! se disait Serpenteau. Peut-être qu'il a attrapé mal au ventre, à ramper comme il l'a fait hier? Il faut que j'aille au-devant de lui.

Serpenteau s'est mis en chemin, et il a eu tôt fait de trouver le marigot et le trou de Grenouillot. Il a frappé à la porte, trois bons coups, du bout de la queue.

— Toc, toc, toc. Y a quelqu'un ?

— Seulement moi ! a dit Grenouillot.

— Bonjour, c'est moi, Serpenteau. Tu veux bien me laisser entrer ?

— L'ennui, c'est que Maman est sortie, et qu'elle m'a interdit d'ouvrir à qui que ce soit.

— Alors sors et viens jouer. Je t'ai attendu toute la matinée.

— Impossible, a dit Grenouillot. Pas pour le moment, en tout cas.

— Dommage, tu sais, parce que Maman m'avait appris un nouveau jeu. J'aurais bien aimé te le montrer.

— Je comprends, a dit Grenouillot. Je comprends même très bien.

— Tu ne sais pas ce que tu manques.

— Peut-être, mais je sais ce que toi tu manques ! a éclaté de rire Grenouillot.

Serpenteau a eu un soupir.

— Je vois : ta mère t'a appris des choses. La mienne aussi, comme tu l'as deviné.

Alors, queue traînante et tête basse, Fils de Serpent est reparti, toujours soupirant, dans les herbes. Il n'y avait plus rien à faire, plus rien à dire, il avait tout perdu : un ami et un festin.

Fils de Serpent et fils de Grenouille n'ont pas oublié cette belle journée passée ensemble. Ni l'un ni l'autre, plus jamais, ne s'est tant amusé que ce jour-là. Souvent encore on les voit rêver, perdus dans leurs souvenirs, l'un sur une feuille de nénuphar, l'autre sur une pierre au soleil. Ils songent à ce jour merveilleux où ils ont fait les fous dans la brousse sans savoir qu'ils étaient ennemis, et chacun se demande à part soi:

« Et si personne n'avait rien dit ? Si nous étions restés amis ? »

Mais ils n'oseront plus jamais, jamais, faire la moindre partie ensemble.

Fais un vœu,
J'en fais un aussi,
Et que les deux
Soient accomplis.

Pourquoi les animaux ont une queue

Nigeria

Si l'on pouvait remonter dans le temps, mais loin, très loin, jusqu'au matin du monde, on verrait qu'au commencement les animaux n'avaient pas de queue.

Mais parfaitement, pas de queue ! Au commencement, Raluvhimba, le dieu du Bavenda, avait créé les animaux sans le plus petit semblant de queue. Et après tout, pour quoi faire une queue ? Raluvhimba n'y avait même pas songé une minute. Pas au commencement, en tout cas. Les animaux n'avaient pas de queue, c'est tout.

Quand Raluvhimba descendait du ciel pour une petite visite sur terre, il allait s'asseoir toujours au même endroit, sur son repaire favori, la cime du mont Tsha-wa-dinda. De là-haut, tranquillement, il contemplait son œuvre : les monts et les vallées, les arbres et les fleuves, le soleil, la lune, les étoiles.

— Hé hé, se disait-il (car en ce temps-là il n'avait que lui-même à qui s'adresser). Par ma foi, ce monde a plutôt fière allure. Je n'en suis pas mécontent.

Un jour qu'il se délassait ainsi sur le mont Tsha-wa-dinda, Raluvhimba fit un petit somme au creux de la caverne Luvhimbi. Dans son sommeil il vit en songe toutes sortes de créatures bizarres aller et venir sur terre. « C'est une idée », se dit-il à son réveil. Et il se mit au travail.

Et c'est ainsi qu'en quelques jours Raluvhimba créa les animaux : l'éléphant et le porc-épic, le lapin et le rhinocéros, le singe et le buffle, le renard et le lion – à poils ras ou angoras, à piquants, petits et grands, par centaines, et tous différents.

Oh, ce ne fut pas une mince affaire ! Aucun de ses essais ne fut un succès du premier coup. La crinière du lion, par exemple, était si longue au commencement qu'il se prenait les pattes dedans ; il fallut la lui retailler. La peau de la chèvre la tiraillait de partout, à peine si elle pouvait respirer ; il fallut défaire les coutures. L'éléphant (sans défenses) avait l'air bien trop doux, et le rhinocéros (sans cornes) n'avait l'air de rien du tout.

Pour finir, Raluvhimba s'amusa à créer quelque chose de minuscule. Ce fut la souris des champs. Il la prit au creux de sa main pour la regarder de plus près.

— Hé hé, dit-il, plutôt content de lui. Pas vilain ma foi. Et qu'on n'aille pas me dire que ce n'est pas petit !

Et tous les animaux reprirent en chœur :

— Oh si, c'est petit ! Vraiment tout petit. Et joli, aussi !

Mais jusqu'ici, petits ou grands, les animaux n'avaient pas de couleurs. Alors

Raluvhimba cueillit des plantes ici et là, et il se concocta toutes sortes de teintures. Avec des restes de poils il se fit un pinceau, et il peignit ses animaux – les uns en uni, les autres bariolés, les uns avec des taches, les autres des marbrures, d'autres encore avec des rayures.

— Maintenant, plus rien ne vous manque, dit-il à son petit monde. Et je peux vous dire : vous êtes beaux.

En ce temps-là, il n'y avait pas le moindre être humain sur terre. Raluvhimba n'avait pas encore imaginé de créer l'homme, aussi tous les animaux vivaient-ils sans crainte aucune. Ils allaient et venaient à leur guise, broutaient ce qui leur tombait sous la dent. Ils avaient bon appétit, mais de bonnes manières aussi. L'idée ne leur serait pas venue de se dévorer entre eux. Ils étaient tous végétariens. L'agneau faisait la sieste entre les pattes du lion, le renard léchait le lièvre. Ils vivaient en paix, tous ensemble.

Partout où le portaient ses pas désormais, par monts et par vaux, de prairie en forêt, Raluvhimba rencontrait des animaux heureux de vivre qui le saluaient avec entrain. Il n'était plus seul sur terre, et la compagnie lui plaisait. Dans l'air et dans l'eau, par contre, c'était encore un peu triste. Il n'y avait toujours rien, rien qui vive et respire, rien que de grands espaces désolés.

Alors Raluvhimba retourna faire un somme dans la caverne Luvhimbi, et il y vit en songe des créatures nouvelles, des êtres faits pour l'eau, des êtres faits pour l'air. À son réveil, il se mit au travail. Il façonna les poissons, gainés d'écailles d'argent, pour jeter des éclairs joyeux dans les fleuves et les océans. Il façonna les oiseaux, tout en plumes et en os légers, pour fuser dans le ciel et y lancer leur chant.

— Hé hé! dirent les animaux. Pas mal du tout. Voilà ce qui s'appelle créer. Exactement ce qui manquait!

Et maintenant Raluvhimba avait des amis partout. Tout était pour le mieux en ce monde, sur la terre ferme comme dans les eaux et dans les airs.

Chaque fois que Raluvhimba s'enfonçait au

creux de l'océan, les poissons par bans immenses venaient le saluer des nageoires. Chaque fois qu'il s'élançait vers le ciel, les oiseaux fusaient à tire-d'aile et le régalaient de leurs chants. Lorsqu'il se promenait sur terre, les animaux disaient «Belle journée» et ils agitaient leurs oreilles – car, il ne faut pas l'oublier, ils n'avaient pas de queue pour saluer.

Un jour, Raluvhimba jouait avec les animaux sur les pentes du mont Tsha-wa-dinda. Comme ils adoraient le voir créer, ils faisaient la ronde autour de lui en chantant à tue-tête :
Créateur, crée de nouveau !
Fais naître quelque chose de beau,
Plus petit que la souris
Et qui soit vivant aussi !
— Quelque chose de velouté comme moi, dit le renard.
— Avec de belles rayures, surtout, dit le zèbre.
— Oh, et aussi de longues oreilles, dit le lièvre. Pour pouvoir les agiter fort.
Raluvhimba éclata de rire. Il ferma les yeux, se frotta le front. Une idée lui venait.

Ses doigts s'agitèrent un instant. Puis il ferma ses mains en conque et souffla dedans. Lorsqu'il les rouvrit, oooh ! L'araignée était là, velue, rayée, bien vivante, et déjà occupée à tisser.

Les animaux s'approchèrent.

— Pas mal, dit le lièvre. Et encore plus petit que la souris. Je ne vois pas d'oreilles, mais que de pattes, que de pattes !

Les animaux se mirent à compter.

— Tout ça de pattes ! Une, deux, trois, quatre, cinq, six, sept, huit – quatre de plus que nous ! Six de plus que les oiseaux ! Huit de plus que les poissons !

— Huit pattes, huit pattes !

— Et pas une seule n'est droite !

Alors l'araignée, agile, noua son fil à l'index de Raluvhimba et se laissa tomber, en souplesse, jusqu'au sol.

— Et sans se faire de mal ! s'émerveillèrent les animaux.

— En retombant sur ses pattes !

— Recommence, recommence !

— Facile, dit l'araignée qui remontait déjà, le long de son fil, vers la main de Raluvhimba. Et si un jour vous avez un message à transmettre au Maître, venez me trouver. Je reste en liaison avec lui.

Ce fil qui la reliait au Créateur, l'araignée en était aussi fière que le lièvre de ses oreilles. Raluvhimba était heureux de voir que les autres animaux acceptaient l'araignée parmi eux. Il décida de créer encore d'autres créatures minuscules.

Alors il créa la mouche, lui donna un compagnon, et tous deux n'eurent rien de plus pressé que de se multiplier à plaisir. Las ! C'est de cette tribu de mouches que naquirent tous les ennuis.

Au début, pour toute pitance, les mouches se contentèrent de sève et de rosée, comme leur tante l'araignée. Mais elles avaient une vilaine manie : se percher sur autrui sans y être conviées. Jamais l'araignée ne faisait chose pareille. Et les mouches avaient beau peser moins qu'un grain de mil, personne n'aimait beaucoup leur servir de perchoir.

— Eh, descendez de là, disait le lapin.

— Allez donc sur un arbre, disait le zèbre.

— Pas sur mon mufle, enfin ! grognait le bœuf.

Mais il n'y avait rien à faire. Les mouches n'en faisaient qu'à leur tête. Et un jour que le sanglier ruait pour se débarrasser d'elle, une mouche exaspérée lui mordit dans le lard un bon coup. À son propre étonnement, elle en trouva le goût excellent. Elle y mordit encore, pour voir, après quoi, mise en appétit, elle s'envola pour aller goûter à d'autres couennes des environs. L'expérience lui plut beaucoup.

— Hé, hé, pas détestable du tout ! Infiniment plus succulent que la sève ou la rosée...

Elle alla trouver ses cousines :

— Si vous voulez vous régaler d'un mets qui ait un peu de corps...

La nouvelle se répandit en un rien de temps. Bientôt toutes les mouches étaient occupées à déguster tout ce qu'elles voyaient passer, éléphant, zèbre ou singe, mouton ou hippopotame. Tout en allant et venant, au vol, elles échangeaient leurs impressions :

— Tu devrais essayer le lion, c'est exquis. Là-dessus, un rien de gazelle, et un soupçon de lapin pour finir – tu m'en diras des nouvelles !

Sous la morsure des mouches – un pincement aigu, comme une piqûre d'épine – les animaux poussaient de petits cris, s'ébrouaient, faisaient volte-face. Les uns sautaient en l'air, les autres se roulaient par terre, d'autres se frottaient à l'écorce d'un arbre. Nul ne s'étonnait plus de ces frénésies subites. Les mouches en étaient la cause.

Pour finir, les animaux décidèrent que c'en était trop. Ils appelèrent l'araignée et lui annoncèrent qu'ils avaient un message à transmettre à Raluvhimba.

— Très bien, et que dois-je lui dire ? demanda l'araignée.

— Que les mouches sont un fléau ! Que ce ne sont pas des amies pour nous. Qu'elles sont toujours sur notre dos, à nous harceler, nous mordre, nous piquer, nous sucer le sang. Dis-lui de les reprendre au plus vite.

L'araignée ne perdit pas de temps. Elle tira sur quelques fils, découvrit celui qui montait au ciel et disparut dans les airs.

— Tiens, c'était donc toi, Araignée, dit Raluvhimba en la voyant arriver. Il m'avait bien semblé, aussi, sentir quelque chose tirer sur mon orteil.

— Salut, dit l'araignée. (Ce n'était pas le

moment de gaspiller son temps en manières.) J'ai un message pour toi, de la part des animaux. Ils disent que les mouches sont un fléau. Qu'elles mordent et piquent et sucent le sang, et que personne ne veut plus d'elles. Il faut que tu les reprennes au plus vite.

— Comment ? dit Raluvhimba. Mais je ne peux pas reprendre ce que j'ai donné ! C'est ainsi. Et après tout, c'est la vie. Mais les mouches ne se nourrissent-elles donc pas, comme toi, de pousses tendres et de rosée ?

— Oh non, sûrement pas, dit l'araignée. Elles mordent à même la peau, et sucent le sang qui est dessous. Ce ne sont pas des amies. En tout cas, tel est le message dont les animaux m'ont chargée. Il faut que tu fasses quelque chose, et vite. Personnellement je n'ai pas à me plaindre, les mouches n'osent pas s'en prendre à moi, trop heureuses que je les délivre quand elles se prennent dans ma toile, mais pour mes amis, je l'avoue, il y a de quoi devenir fou.

Raluvhimba réfléchissait.

— Je n'arrive pas à croire que dans ma création les mouches soient une bavure.

Hélas, c'était le cas pourtant, et cela dès le commencement des temps ou presque. Oh, un modeste défaut, un tout petit vice de fabrication, mais de fort mauvais augure — et l'homme n'avait pas encore été créé.

— Écoute, Araignée, dit Raluvhimba. Quand les mouches se prennent dans ta toile, si tu les y laissais au lieu de les délivrer ?

— Mais qu'est-ce que j'en ferais, moi, de ces mouches ?

— Tu pourrais les manger, par exemple.

— Beuark, dit l'araignée.

Cette seule pensée lui levait le cœur. Elle était végétarienne, la chair de mouche ne lui disait rien.

— Attends, dit Raluvhimba. J'ai une idée meilleure encore. Ce qu'il faut à mes animaux, c'est une queue pour chasser les mouches.

— Une queue ? dit l'araignée.

— Oui, une queue. Un prolongement souple, si tu préfères. Un peu comme ce qu'ont les oiseaux, pour mieux voler, et les poissons, pour mieux nager. Mais ce sera pour chasser les mouches.

— Et quand les fabriqueras-tu, ces queues ? demanda l'araignée. Ce doit être compliqué à faire, non ? Certainement plus compliqué que pour les oiseaux et les poissons.

— Aujourd'hui est le jour de la Lune, dit Raluvhimba. Va prévenir les animaux que demain matin, dès l'aube, je les attendrai dans la caverne Luvhimbi, sur le mont Tsha-wa-dinda. Là, je leur fournirai des queues. À tous.

— Parfait, dit l'araignée. Demain est donc le jour des queues. Le grand jour du marché aux queues.

Elle redescendit le long de son fil et s'en fut vivement annoncer la nouvelle. Quand les animaux comprirent de quoi il retournait, ils ne tinrent plus en place. Tous se mirent en route, sur-le-champ, pour le mont Tsha-wa-dinda. Seul le lapin, trop paresseux, préféra se rendormir.

— Hé, debout, longues oreilles ! lui dit l'araignée. Tu as entendu ce que j'ai dit, je le sais. Allez ouste, en route !

— En route ? Alors explique-moi pourquoi tu restes plantée là, toi la première ?

— Je n'ai rien à faire d'une queue, moi. Mais toi, si.

— Pourquoi me presser ? Des queues, il y

en aura des tas. Et puis ce sera la bousculade et je n'ai pas l'intention de faire la queue.

— À ton aise, dit l'araignée.

Le lapin bâilla et se rendormit.

Le lendemain, à son réveil, quand le lapin mit le nez dehors, il vit ses frères les animaux qui redescendaient de là-haut, tous équipés de queues plus belles les unes que les autres. Et sitôt qu'une mouche se posait sur une croupe, une échine, flip, flop ! en deux coups de queue elle se faisait balayer.

Les animaux avec des queues ! C'était tout un spectacle, au début ! De l'inédit, du jamais vu. Le lapin était forcé d'admettre que c'était loin d'être laid, d'ailleurs. Mais il n'avait toujours pas le courage de faire plus que de s'étirer.

« Et si j'y envoyais quelqu'un à ma place ? » se dit-il soudain en bâillant. Le renard arrivait justement.

— Ah ! frère Renard, dit le lapin, que cette queue te va donc bien ! Les mouches n'oseront plus te toucher. Et je parie – va savoir pourquoi – que tu cours encore plus vite qu'avant, avec ce panache au vent.

— Mais absolument, dit le renard. Maintenant, je file comme l'éclair.

— Frère Renard, reprit le lapin, puisque tu cours si vite à présent, voudrais-tu retourner là-bas et choisir une belle queue pour moi ? Je t'en serais si reconnaissant !

— Mais bien sûr, j'y vais de ce pas ; tout le plaisir sera pour moi.

Le renard s'élança. Mais il s'arrêta tant et tant, chemin faisant, afin de comparer sa queue avec celle de chaque ami rencontré, qu'il mit trois fois plus de temps pour regagner la caverne qu'il n'en eût fallu au lapin, même en marchant sur les mains.

Lorsqu'il atteignit la caverne, il n'y avait plus personne. À l'exception du lapin, tous étaient déjà passés se choisir une queue à leur idée. Le renard écarquilla les yeux ; en fait de queue, il n'en restait plus une. Il allait s'en retourner lorsqu'il avisa, en sortant, un plumet de poils coincé dans la roche.

— Hum, dit-il. Un reste de la bousculade. Pas terrible, pour chasser les mouches, mais c'est tout ce qui reste, si je comprends bien. Bah, après tout, puisqu'une longue queue fait si bel effet avec de petites oreilles, peut-être qu'une petite queue en fera tout autant avec de longues oreilles ?

Il prit la touffe de poils et redescendit au trot.

Depuis sa toile dans les hautes branches, l'araignée vit le renard s'approcher – on en voyait surtout la queue, désormais. Quant à la queue qu'il devait rapporter, elle n'avait pas l'air bien grosse. L'araignée alla se poser sur la mousse près du lapin.

— Et où est ta queue, frère Lapin ?

— Elle arrive, ne t'inquiète pas.

À ce moment le renard vint déposer aux pieds du lapin le ridicule pompon de fourrure.

— Voilà ta queue, frère Lapin, dit-il. Je sais, elle ne vaut pas la mienne, mais c'est tout ce qu'il restait. Et c'est toujours mieux que rien. La dernière mode, à ce qu'il paraît.

Le lapin cligna des yeux.

— Tourne-toi un peu, lui dit le renard, que je t'aide à te la mettre.

Le lapin restait coi. Le renard le prit par les oreilles et d'un coup de patte bien appliqué lui cala la queue en place. Là-dessus, pouffant de rire, il tourna les talons et s'en fut.

L'araignée regagna sa toile en chantonnant à mi-voix :

Si tu veux être bien servi,
Sers-toi toi-même
Ou ce sera tant pis !

Mais ce petit brin de morale ne fit que davantage enrager le lapin :

— Ce sacré renard ! Le filou ! D'abord, pourquoi lui a-t-il fallu tout ce temps ? Une attente si longue pour une queue si courte ! C'est sa faute à lui si je n'ai qu'un bout de queue. Mais il ne perd rien pour attendre, c'est moi qui aurai le mot de la fin...

Entre le lapin et le renard, cela n'est donc que le début de l'histoire, de quantités d'autres histoires. Mais longues ou courtes – ou entre les deux – les histoires sont comme les queues : on arrive toujours au bout.

Et celle-ci est terminée.

Tables des matières

Anansé l'araignée cherche
un imbécile à berner 11

Monsieur Grenouille
et ses deux épouses 25

Éléphant et Grenouille........................
vont faire la cour aux belles 33

La tortue, le lièvre et
les patates douces................................... 43

Le bœuf aux cornes magiques 53

La poule et la grenouille 71

Pourquoi le buffle et l'éléphant
ne seront jamais bons amis 85

L'homme qui comptait les cuillerées 99

Pourquoi Grenouille et Serpent
ne jouent jamais ensemble.................... 113

Pourquoi les animaux ont une queue .. 129

Titre original :
Fables from Africa

JAN KNAPPERT

37 fables d'Afrique

Traduit de l'anglais par Rose-Marie Vassallo
Illustrations de Jeroo Roy

Castor Poche Flammarion

Jan Knappert

L'auteur est né en Hollande en 1927. Il a d'abord étudié le sanscrit, l'hindouisme, le bouddhisme, l'islam et les langues d'Indonésie avant de se consacrer, il y a vingt-cinq ans, à l'étude des langues et cultures africaines. Ses travaux ont alors porté sur le souahéli, langue bantoue de Tanzanie écrite depuis le XVIe siècle en caractères arabes, sur les autres langues bantoues d'Afrique centrale et sur celles du Congo (aujourd'hui le Zaïre). Professeur à l'université de Londres, il enseigne aussi à l'université de Louvain, en Belgique. C'est en sillonnant l'Afrique pendant des années qu'il a lui-même recueilli ces fables de la bouche des vieilles femmes et des griots qui les racontent au rythme du tam-tam, la nuit venue. Pour le plaisir de tous mais, d'abord, pour la jeunesse. En les écoutant, riant ou frissonnant de peur, les enfants africains apprennent qui ils sont, comment est le monde et comment y vivre et y participer. Un monde étonnant où l'intimité qui existe entre l'homme et la nature crée un mode de pensée fort éloigné de celui de l'Occident moderne. Mais justement, si Jan Knappert a écrit de nombreux livres sur les mythes, légendes, contes et fables d'Afrique, c'est pour révéler aux uns les cultures des autres dans leur diversité et, travaillant ainsi à une meilleure compréhension entre les hommes, œuvrer à sa manière pour la paix dans le monde.

Rose-Marie Vassallo

La traductrice : « Drôle de métier que celui de traduire — passionnant, envahissant, artisanat et alchimie, communication et solitude… Heureusement, pour équilibrer, il y a la vraie vie : le chien, le chat, les amis, les enfants et le mari — passionnants, envahissants, artisanat et alchimie, communication et… rêve de solitude. »

« Ce qui me plaît dans ces fabliaux venus de si loin (du fond de l'Afrique et du fond des temps), c'est qu'il y a mille façons de les goûter, que l'on ait six, quatorze ou trente-cinq ans, voire le demi-siècle ou le siècle entier. On peut se contenter du plaisir d'imaginer leurs drôles de personnages, ou chercher la sagesse antique cachée derrière chaque histoire. Il me semble que bien souvent on peut en trouver plusieurs — et peut-être chacun d'entre nous la sienne ? D'autant qu'à certaines fables, les plus énigmatiques, il pourrait bien manquer des morceaux ! Pour moi, ces fabliaux tiennent à la fois de la devinette et du puzzle… »

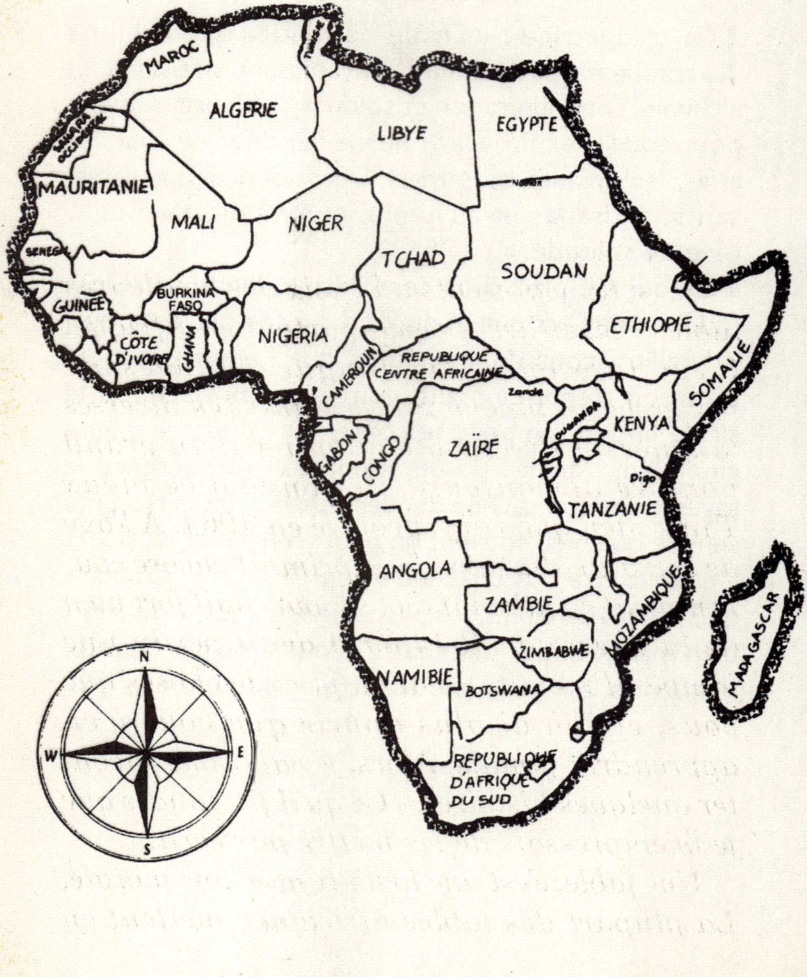
MAROC
TUNISIE
ALGERIE
LIBYE
EGYPTE
SAHARA OCCIDENTAL
MAURITANIE
MALI
NIGER
TCHAD
SOUDAN
SENEGAL
GUINEE
BURKINA FASO
CÔTE D'IVOIRE
GHANA
NIGERIA
ETHIOPIE
SOMALIE
CAMEROUN
REPUBLIQUE CENTRE AFRICAINE
Zande
OUGANDA
KENYA
GABON
CONGO
ZAÏRE
Digo
TANZANIE
ANGOLA
ZAMBIE
MOZAMBIQUE
MADAGASCAR
ZIMBABWE
NAMIBIE
BOTSWANA
REPUBLIQUE D'AFRIQUE DU SUD
N
W
E
S

Préface

Ce livre présente un choix des meilleures fables recueillies un peu partout en Afrique. C'est la somme de longues années de recherches, d'innombrables lectures en diverses langues, et de l'écoute attentive d'un grand nombre de conteurs. Je songe à ce vieux Tanzanien que j'ai rencontré en 1964. À l'âge de soixante-dix ans, il s'exprimait encore couramment en allemand et se souvenait fort bien de la guerre de 1914 où il avait perdu une jambe. Il me dit : « J'ai vu plus de choses que vous, et j'en ai plus appris que vous n'en apprendrez jamais. Alors, je vais vous raconter quelques histoires. » Ce qu'il fit, tandis que je m'empressais de les mettre par écrit.

Une fable, c'est une histoire avec une morale. La plupart des fables africaines mettent en scène des animaux. Chaque animal a son caractère, bien typé. En fait ces animaux cachent des personnages humains. Le chef, par exemple, peut être représenté sous les traits du lion, de l'éléphant ou du léopard, selon les besoins du conteur. Les fables, on le voit, n'ont pas seulement pour but d'amuser; elles contiennent un enseignement. En Afrique du Nord, par exemple, le cheval est tenu pour un animal noble, proche de la perfection. Et pourtant, dans notre première histoire, le cheval n'est pas satisfait – comme tant d'êtres humains! C'est pourquoi, bien sûr, il est puni par Dieu, le Créateur, qui conçoit un animal plus noble encore que le cheval. La leçon de cette histoire est qu'il vaut mieux se contenter de ce que l'on a.

Les peuples de l'Afrique du Nord sont le plus souvent des musulmans pratiquants, et la seconde histoire se conclut, elle aussi, par une morale religieuse. En guise de reconnaissance, le vieil homme que Yusuf a aidé en soulevant une dalle et en retrouvant son anneau enferme Yusuf dans le caveau, prouvant ainsi qu'il est un esprit du mal habitant un corps humain, puisqu'en Afrique l'in-

gratitude est le pire de tous les péchés. Et Dieu fait de Yusuf son instrument pour punir l'esprit du mal. Par conséquent, lorsque Yusuf décapite le vieil homme, détruisant ainsi le corps dans lequel habitait l'esprit du mal, il éxécute en fait l'ordre de Dieu. Normalement, un jeune garçon ne saurait venir à bout d'un vieux sorcier malfaisant, mais Dieu dirige ses fidèles et sages animaux, qui ont déja servi le père du garçon, afin que ceux-ci lui viennent en aide. C'est la toute dernière phrase de la fable qui place l'histoire entière au plan le plus haut, puisqu'il s'agit d'une citation tirée du livre saint de l'islam, le Coran; elle fait partie d'un passage qui explique pourquoi le mal existe en ce monde, et qui se termine par ces mots : «... mais un jour cela prendra fin, sur l'ordre de Dieu».

Des centaines de fables, par toute l'Afrique, sont racontées chaque soir. Il est évidemment impossible, dans un petit ouvrage, de représenter de manière équitable toutes les nations de l'Afrique. Certaines de ces histoires sont connues et se retrouvent dans de vastes régions d'Afrique du Nord ou de l'Est, voire des deux. Il est possible qu'elles aient été appor-

tées par les Arabes, les Indiens ou les Européens — nous n'en savons rien. D'autres, celles d'Afrique centrale par exemple, sont certainement d'origine africaine. Elles sont parfois très étranges, et beaucoup des animaux qu'elles mettent en scène ne se trouvent que dans la forêt équatoriale. Une attention toute particulière a été donnée, dans ce livre, aux fables venues des régions les plus ignorées dans ce domaine, comme le Cameroun, la Nubie et le Mali.

J'espère, en conclusion, que vous ne serez pas seulement amusés par ces histoires venues d'Afrique, mais qu'elles seront pour vous l'occasion de marquer une pause et de réfléchir à la sagesse contenue dans chacune d'elles.

Jan KNAPPERT

Le cheval

AFRIQUE DU NORD

Le cheval un jour pria le Tout-Puissant :
— Je ne suis, Seigneur, qu'un humble cheval, mais je suis beau. Si vous m'accordiez un cou un peu plus long, des pattes un peu plus hautes, un ventre un peu plus rond, une poitrine plus profonde, un arrière-train dansant, et le pouvoir aussi de marcher plus longtemps sans manger ni boire ? Je n'en serais que plus noble encore... Il plut au Seigneur de créer un animal en tous points semblable à celui qu'avait décrit le cheval. Et ce fut le chameau.

L'anneau magique

AFRIQUE DU NORD

Un jeune homme du nom de Yusuf avait perdu son père dès l'âge de quinze ans. Il vivait avec sa mère et les seuls animaux que lui avait laissés son père pour tout héritage : un chien, un chat et un faucon.

Chaque jour, il allait à la chasse avec ces trois compagnons. S'il voyait une gazelle, il lançait son chien après elle ; s'il voyait un lapin ou un écureuil, il lançait son chat ; et s'il voyait un oiseau, il lançait son faucon.

Un jour, il découvrit une grotte, et au fond de cette grotte un vieil homme s'éreintait à tenter de soulever du sol une lourde dalle de pierre.

— Pourrais-tu m'aider à soulever cette pierre ? le pria le vieillard. Je te récompenserai.

Yusuf souleva la pierre. Sous cette dalle apparut un escalier, qui descendait à une étrange salle voûtée, aux arches reposant sur des piliers, et dont le sol était couvert d'amoncellements de pierreries et de bijoux d'or éblouissants.

— Trouve-moi mon anneau ! Prends tout ce que tu voudras, mais trouve-moi mon anneau ! hurlait le vieillard du haut de l'escalier.

Yusuf vit tout à coup un éclair rouge au sol. Il se pencha et découvrit un anneau magnifique, orné d'un inestimable rubis. L'ayant ramassé, il se le passa au doigt. Alors l'anneau se mit à parler :

— Maître, dis-moi ce que tu souhaites et tu seras exaucé.

— Jette cet anneau ! Jette-le immédiatement ! hurlait le vieil homme depuis le soupirail. Rejette-le tout de suite, ou je t'enferme là-dedans !

Yusuf jeta l'anneau et le vieil homme s'en saisit. À l'instant même, il refermait la dalle, et Yusuf se retrouva prisonnier du caveau. Le vieillard alors se passa l'anneau au doigt, lui fit faire un tour et disparut par magie...

Celui qui met la main sur un objet précieux ne devrait jamais s'en dessaisir !

Et maintenant Yusuf était prisonnier de cette salle regorgeant de richesses, plus que le roi lui-même n'en a jamais possédé. Il avait commencé d'en explorer les voûtes lorsqu'une voix lui parvint :

— Maître ! Ô mon maître !

Il reconnut la voix de son chien et tâcha de découvrir d'où elle lui parvenait. Il finit par entrevoir un rayon de lumière du jour qui pénétrait dans la cave juste au-dessus de sa tête, et il entendit son chien qui creusait la terre à l'endroit où la voûte présentait une brèche. Enfin non sans mal, Yusuf parvint à se hisser jusqu'à cette percée, puis à ramper à travers la trouée creusée par son chien dans la terre.

Yusuf était bien décidé à reprendre l'anneau magique. Il lança son faucon à la recherche du vieil homme. Le faucon s'éleva dans les airs, très haut, de plus en plus haut, jusqu'à ce qu'enfin il découvrît le vieil homme, endormi au cœur d'un grand palais. Le faucon revint vers les siens et proposa au chat de prendre place sur son dos, entre les deux ailes. Et tous deux, à travers ciel, refirent le voyage menant au palais du vieil homme. Là, le chat descendit dans les caves et réapparut bientôt, tenant entre ses dents le roi des rats de ce palais. Le roi des rats s'entendit promettre qu'il recouvrerait la liberté si, grâce à lui, l'anneau magique était retrouvé. Le roi des rats fit rassembler tous ses sujets et leur ordonna de rechercher l'anneau magique.

Au bout de longues recherches, un petit rat revint et dit :

— Il y a un anneau caché dans l'une des narines du vieil homme.

— Fourre-lui ta queue dans cette narine, suggéra le chat.

C'est ce que fit le petit rat. Le vieil homme éternua, expulsant l'anneau sans s'en apercevoir. Puis il se rendormit. Le faucon ramassa l'anneau et s'en fut le porter à Yusuf.

Yusuf passa l'anneau à son doigt, et celui-ci lui dit aussitôt :

— Quel est ton désir, ô mon maître ?

Yusuf répondit :

— Je veux être transporté jusqu'au palais du vieil homme, avec un bon sabre à la main !

À l'instant même il s'élevait dans les airs,

pour se retrouver bientôt dans la chambre du vieil homme, muni d'un sabre bien aiguisé. Et d'un seul coup il lui trancha la tête, afin que l'esprit du mal s'en échappât, sur ordre de Dieu.

Gratitude

AFRIQUE DU NORD

Un brave homme découvrit un jour un bébé serpent et décida de le garder. Il le rapporta chez lui avec le plus grand soin, jusqu'à ce que finalement le serpent fût devenu adulte.

Un matin que l'homme s'approchait pour dire bonjour à son serpent, qu'il regardait comme son propre fils, celui-ci, sans prévenir, s'enroula autour de son cou et dit :

— À présent, je vais te tuer. Tu sais bien qu'en ce monde il n'est nulle gratitude.

— Eh, attends un peu ! s'écria l'homme. Allons d'abord demander à la vache s'il est vrai que sur terre il n'est nulle gratitude.

Mais la vache répondit :

— Non. La gratitude n'existe pas. Pas de la part de l'homme : il trait mon pis et, ma vie durant, je lui fais don de mon lait; or, pour finir, il me tuera, afin de manger ma chair. Peut-on appeler cela de la reconnaissance ?

Ensuite, ils interrogèrent l'arbre.

— Non, répondit l'arbre. Il n'est nulle gratitude sur cette terre. Les hommes mangeront tous mes fruits, chaque année, mais pour finir ils m'abattront et ils me brûleront.

Puis ils interrogèrent le bœuf.

— Non, répondit le bœuf. Les humains ne sont jamais reconnaissants, jamais. Voyez mon cas. Jour après jour, je traîne jusqu'au marché une lourde carriole. À moi les coups du bâton et de l'aiguillon pointu. Au bout de longues années de dévouement, je serai tué à mon tour, et l'homme déchirera ma peau pour s'en faire des chaussures et les lanières du fouet destiné à mes frères.

Ayant entendu ces sentences, le serpent, qui n'avait pas quitté le cou de l'homme, s'apprêta à lui mordre la veine jugulaire. Mais l'épouse de son maître, à cet instant précis, sortit de la maison. Elle avait tout entendu et s'était empressée de préparer pour le serpent son mets favori : un plat de crème. Le serpent se déroula prestement pour venir se régaler à même la jatte posée sur le sol.

— Vite, tue-le! souffla à l'homme le hérisson, qui avait observé la scène.

L'homme s'empara de son bâton et frappa le serpent derrière la tête, à plusieurs reprises, jusqu'à ce qu'il fût mort. Le hérisson, pendant ce temps, avait disparu prestement : mieux valait, s'était-il dit, ne pas chercher à savoir si cet homme, mieux que ses semblables, savait ce qu'est la gratitude!

Il est plus sûr d'avoir plusieurs tours dans son sac...

AFRIQUE DU NORD

Un hérisson et un chacal marchaient de compagnie.

— J'ai bien cent tours dans mon sac ! se vantait le chacal.

— Moi, je n'en ai qu'un seul, répondait modestement le hérisson très sage.

Le hérisson emmena le chacal sur les terres d'un riche fermier, où tous deux firent bombance. Hélas, après ce festin, le chacal au ventre trop plein ne put ressortir par le trou de la haie ! Il supplia le hérisson de l'aider à sortir de là.

— Moi, je ne connaissais qu'un seul tour, lui dit le hérisson, et c'était de nous introduire ici. Toi qui connais tant de tours, tu trouveras bien comment t'en sortir.

Et le hérisson disparut.

Survint alors le fermier, armé d'un bon gourdin, prêt à rouer de coups le chacal, jusqu'à ce que mort s'ensuive.

— Ô fermier puissant et malin, laisse-moi seulement aller dire adieu à ma famille. Je reviendrai ensuite me faire tuer.

— Jure-le, dit le fermier.

Le chacal prêta serment, à la satisfaction du fermier, qui le laissa aller. Mais le chacal, bien sûr, eut soin de ne jamais revenir.

Ne fais crédit à personne, pas même à ton meilleur ami. Et si tu prends un chacal, frappe! N'écoute pas ce qu'il te dit.

Le chacal berné

AFRIQUE DU NORD

Le chacal un jour rencontra un agneau et lui dit :

— Que fais-tu ici ?

L'agneau répondit :

— Mon Oncle, tu veux me manger, je le sais. Mais accorde-moi, s'il te plaît, un an pour grandir et grossir. Alors je serai gros et gras, et davantage à ton goût. Je te promets de revenir ici même, dans un an, jour pour jour.

Le chacal se dit que l'idée était bonne de laisser d'abord engraisser son repas, et qu'il était avantageux d'attendre l'année suivante. Aussi laissa-t-il repartir l'agneau.

L'an écoulé, le chacal retrouva son agneau qui broutait sur la ferme, et il le héla :

— Dis donc, toi là-bas ! Ne m'avais-tu pas

promis de revenir me voir pour te faire manger ?

— Moi ? Promis ? Je ne me souviens absolument pas d'avoir promis quoi que ce soit de ce genre-là ! De toute façon, à présent, j'ai des cornes.

Et le chacal, à son regret, constata que l'agneau était devenu un jeune bélier ; il ne serait plus si facile de s'attaquer à lui et de le dévorer. Les chacals ne sont ni grands, ni forts, et doivent plutôt compter sur leur astuce et leur rapidité.

Aussi le chacal dit-il au jeune bélier :

— Nous irons devant le juge, et tu devras jurer n'avoir jamais promis que tu te laisserais manger par moi.

— Fort bien, dit l'autre, je serai prêt demain.

Le chacal s'en fut. Le jeune bélier alla trouver le chien de la ferme et lui raconta l'affaire. Le lévrier eut une bonne idée :

— Je viendrai demain te trouver à ta cabane. Tâche de te procurer un panier assez grand pour que je puisse entrer dedans, et un grand bout de drap. Je m'installerai dans le panier et tu envelopperas le tout dans le drap, de manière à bien me cacher, en laissant juste une ouverture pour mon museau et mes pattes de devant.

Le lendemain matin, le lévrier vint se glisser dans le panier, dont seule sa tête dépassait. Le jeune bélier le drapa dans la toile, ne ménageant qu'une petite ouverture en face de la gueule du chien, de telle sorte qu'on eût cru un tombeau musulman. Le chacal arriva bientôt et demanda où l'agneau désirait prêter serment.

— Ici même, dit l'autre, sur l'autel de mes saints ancêtres.

Le jeune bélier prêta serment le premier, puis il invita le chacal à jurer sur l'honneur à son tour, au-dessus du prétendu tombeau de saint. Le chacal avança une patte de devant sur la «tombe» et jura que l'agneau avait promis de se faire manger par lui. À cet instant, la gueule du chien surgit de dessous son drap et, d'un coup de dents, trancha la patte du chacal. Le chacal s'enfuit sur les trois pattes restantes.

— Adieu ma patte, adieu festin! se lamentait le chacal, comme il désertait en boitant le lieu de sa défaite. J'aurais mieux fait de manger cet agneau l'an passé, le jour où je l'ai rencontré ! Depuis, il n'a fait que croître en force et en sagesse. Dire que je comptais y trouver avantage ! Je pensais n'avoir pas plus de peine à tuer un gros agneau qu'un petit...

Ne remets jamais à plus tard le plaisir que tu peux t'offrir le jour même. Ne laisse pas s'envoler ce que tu tiens déjà. Et n'accorde ta confiance à personne, pas même à un agneau qui te semble innocent.

Les chiens

AFRIQUE DU NORD

Deux chiens se battaient. Un troisième survint, qui se dit :

« Regardez-moi ces deux-là, en train de se battre ! Je m'en vais les séparer et leur faire faire la paix. Ce n'est pas bien de se battre. »

Il attaqua le plus gros des deux chiens, afin de les séparer. Mais le second alors se retourna contre lui, et bientôt les deux combattants, s'acharnant contre celui qui aurait voulu les réconcilier, l'eurent proprement mis en pièces.

Le chien qui se vantait

AFRIQUE DU NORD

— Les chiens de ces contrées ne sont que des mauviettes. Nous autres, en Inde, nous nous attaquons même aux lions ! fanfaronnait un chien d'une meute où l'on passait le plus clair de son temps à s'aboyer mutuellement aux jarrets.

— Fort bien, fit observer un vieux chien. Mais as-tu jamais attrapé un lion pour de bon ? Quelle importance veux-tu que nous accordions à tes dires si tu n'as seulement jamais attrapé ce après quoi tu cours ?

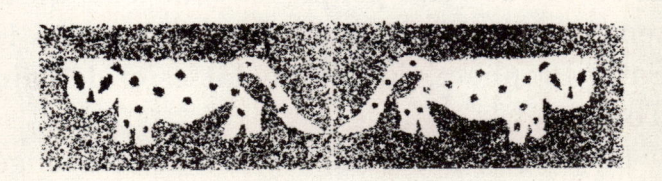

Le chat et les rats

AFRIQUE DU NORD

Certain chat décida un jour de partir en pèlerinage pour la Cité sainte. Il informa les rats de son intention et s'en fut. À son retour, longtemps après, il portait le burnous blanc, et le turban blanc comme en portent tous les sages de ces contrées. Il reçut le chef des rats, venu lui rendre hommage comme à un dignitaire de l'islam, et lui fit cette déclaration :

— J'ai appris bien des vérités, et celle-ci, entre autres, qu'il est mal de manger des rats ; de sorte que votre peuple n'a plus à s'inquiéter. À partir de ce jour, je vivrai comme le Saint Prophète, de lait, de dattes et de pain d'orge.

Le roi des rats fit sa révérence, prit congé

et s'en fut rapporter à son peuple ce que lui avait dit le chat.

Le lendemain matin, ils virent le chat s'approcher, mais il ne prêtait apparemment plus aucun intérêt aux rats. Il avançait à pas lents, marmottant à mi-voix tout le long de son chemin, le nez dans le Saint Livre. Il n'avait pas l'air affamé le moins du monde et se contentait d'arpenter sans hâte le sentier bordé de trous de rats, le regard plongé dans le texte sacré.

Et les rats, peu à peu, s'accoutumèrent à l'attitude nouvelle du saint chat et se remirent à vaquer à leurs occupations familières.

Ils finirent par n'avoir plus peur du tout du chat. Et c'est ainsi qu'un jour deux énormes mères rats, voyant le chat s'approcher, crurent inutile de se cacher. Or, tout à coup, lorsqu'il fut tout proche d'elles, le chat bondit et les attrapa toutes deux.

Un chat pourrait perdre sa queue, il ne perdra jamais le goût de la chair fraîche.

Quand le chat est en prières,
Creusez, les rats, rentrez sous terre!

L'homme et son pigeon

AFRIQUE DU NORD

Il était une fois un homme qui avait un pigeon en cage. Le pigeon était très malheureux dans cette cage, car c'était un pigeon d'une grande sagesse, capable même de parler la langue des humains. Et il aurait voulu être libre, et explorer le vaste monde.

L'homme un jour décida de partir en voyage.

— Mon maître, s'il vous plaît, le pria le pigeon, si par hasard vous rencontrez de mes semblables, veuillez les saluer simplement et leur donner le bonjour de ma part.

L'homme promit de le faire tout au long de sa route. Mais il eut la surprise de voir, chaque fois qu'il rencontrait des pigeons, que ceux-ci faisaient les morts du plus loin qu'ils le voyaient.

À son retour, l'homme raconta la chose à son pigeon et conclut :

— Oui, tous tes amis ont feint d'être morts, alors je les ai laissés où ils étaient.

Le lendemain matin, à son réveil, l'homme découvrit que son pigeon gisait mort dans sa cage. Alors, ouvrant la cage, il ramassa le pigeon et le jeta dans les broussailles, derrière sa maison. Mais il n'avait pas plutôt ouvert la main que le pigeon, à tire-d'aile, s'envolait dans les airs pour aller se percher sur une haute branche. De là-haut, il dit à son maître :

— Merci bien ! Mais tu n'es plus mon maître. Mes amis m'ont donné là un bien précieux conseil. Ils m'ont fait comprendre comment quitter cette cage et recouvrer la liberté !

La hyène avisée

FULANI, GUINÉE

Une hyène affamée rencontra un jour un boucher en train de dépecer des chèvres et un poulet. Elle mendia un peu de cette viande, mais le boucher lui dit :

— C'est entendu, je vais t'en donner, mais seulement si tu arrives à compter jusqu'à dix sans prononcer «un».

La hyène réfléchit un moment puis répondit :

— Ces deux chèvres et ce poulet ont à eux trois dix pattes.

Et elle eut droit à sa part de viande.

Qui veut manger doit savoir réfléchir.

Le chien et le lézard

BAMBARA, MALI

Le chien se demandait pourquoi personne ne l'aimait. Aussi, un jour, rencontrant un lézard sur la rive d'un fleuve, il lui demanda :

— Si nous étions amis ?

Le lézard accepta et demanda à son tour :

— J'aimerais aller voir le village ; pourrais-tu me prendre sur ton dos ? Je n'ai pas l'habitude du voyage.

Le chien offrit son dos, le lézard y prit place et tous deux partirent vers le village.

Le chien eut bientôt soif et s'arrêta pour boire dans le chaudron qu'une femme avait posé là, après l'avoir rempli au puits. Sitôt qu'elle vit ce chien qui buvait dans son chaudron, la femme accourut et lui frappa la tête d'un grand coup de cuiller à pot.

— Tu as vu ça ? demanda le chien au lézard

tout en s'arrachant de là. Personne ne m'aime, et pourtant je ne faisais que de boire un peu d'eau !

Il fit halte pour reprendre souffle, mais aussitôt un homme occupé à faire une lessive se rua sur lui en brandissant le bâton dont il se servait pour brasser le linge dans l'eau bouillante : le chien avait posé ses pattes boueuses sur le linge propre que l'homme avait étendu au sol pour le faire sécher au soleil. Avant d'avoir compris ce qui lui arrivait, le chien avait reçu un bon coup de gourdin sur le crâne et déjà il détalait, la tête ensanglantée.

Le chien s'arrêta une fois de plus pour reprendre haleine, cette fois à l'ombre de la boutique d'un boucher. Quelques gouttes de sang dégoulinaient de la carcasse d'un mouton que le boucher avait pendu là. Le chien se mit à lécher le sable gorger de sang, mais c'est alors que le boucher sortit de sa boutique. « Si je laisse ce chien lécher le sang par terre, se dit-il, je peux être sûr qu'il ne tardera pas à se servir un morceau ! » Et il frappa le crâne du chien du plat de son couperet.

Tandis que le chien détalait, le lézard, toujours sur son dos, l'implora d'une voix tremblante :

—Frère chien, je t'en prie, ramène-moi chez moi, sur ma rivière tranquille ! Je ne veux pas en savoir plus long sur les gens du village. Et j'ai assez voyagé pour un bon bout de temps. Mais je crois deviner pourquoi les hommes ne t'aiment pas…

La chèvre et la hyène

BAMBARA, MALI

Une vieille chèvre s'était mise en quête d'herbe tendre. Mais ce qu'elle trouva, ce fut une hyène qui lui demanda :

— Que fais-tu là, dans ces fourrés qui m'appartiennent ?

— Mais voyons, dit la vieille chèvre, c'est évident : je suis allée me promener pour que tu me manges !

La hyène trouva la réponse très drôle et dit à la chèvre :

— Oui, je vais te manger, à moins que tu ne sois capable de me dire deux vérités vraies.

— C'est facile, dit la chèvre. La première, c'est que tu n'as pas faim en ce moment, sinon tu m'aurais mangée tout de suite.

— Très juste, dit la hyène.

— Et la seconde, dit la chèvre, c'est que si je m'en vais dire aux gens du village que j'ai rencontré une hyène qui ne m'a pas mangée, ils ne me croiront pas.

— C'est bien vrai, ça aussi, soupira la hyène. Va, tu es libre.

Que faire ?

BAMBARA, MALI

Un homme avait pris femme dans un village voisin. Lorsque le temps fut venu d'aller chercher la jeune épousée pour la conduire dans sa maison, il demanda à son meilleur ami d'aller la lui chercher : lui-même ne pouvait pas y aller, trop occupé qu'il était à faire sa récolte.

L'ami se rendit à pied au village de la jeune épouse, puis refit avec elle le trajet qui menait à la maison de son futur mari. Mais en chemin il leur fallait traverser un large fleuve. Et comme la jeune femme venait de s'avancer dans l'eau, un monstre surgit qui s'empara d'elle et l'eut bientôt avalée.

Un deuxième monstre sortit la tête du fleuve et injuria le premier :

— Espèce de goinfre ! Tu l'as mangée tout

entière! Et moi, maintenant, qu'est-ce que je vais manger?

Sur quoi le premier monstre, celui qui avait gobé la jeune femme, répondit simplement:

— Il y en a un autre qui arrive, tu peux te le prendre tout entier. Moi, je suis rassasié.

Le jeune homme, entendant ces mots, réfléchit à ce qu'il convenait de faire.

Puis cet ami fidèle, tranquillement, entra dans le fleuve tout en sachant fort bien le sort qui l'attendait. Mieux valait se faire manger par un monstre que de devoir aller annoncer à son ami qu'il n'avait pas été capable de lui amener sa fiancée saine et sauve. Il s'avança dans le fleuve et fut avalé vivant. Que n'était-il entré dans l'eau le premier!

Les abeilles et la tortue

BAMBARA, MALI

Les abeilles s'étaient fabriqué un nouveau tambour. Les abeilles aiment danser, comme chacun sait, et ce jour-là elles dansèrent et bourdonnèrent des heures durant, avec leur tambour tout neuf et bien tendu. Tous les autres animaux, bien sûr, entendaient le bruit qui s'échappait de la ruche, et bientôt tous furent là, dans l'espoir de se voir inviter à la fête; mais les abeilles avaient décidé de se réjouir entre elles seules. Il y avait là, pourtant, le lion, l'éléphant, le léopard, l'antilope, le porc et même la tortue.

Après avoir prêté l'oreille quelque temps, les animaux furent à ce point conquis par le son du tambour tout neuf qu'ils décidèrent de s'en emparer. Le lion s'y efforça le premier, mais il se fit piquer par plus de cent abeilles et s'enfuit en courant. Chacun à son tour, tous les animaux tentèrent de voler le tambour, mais en vain.

La tortue, pour finir, s'offrit à tenter sa chance. Les autres se moquèrent de bon cœur, mais la tortue pénétra dans la ruche et dit aux abeilles qu'elle était passée maître en l'art de jouer du tambour. Les abeilles lui permirent d'en jouer un moment et elle en joua, en effet, à merveille. Puis, tout à coup, le tambour disparut. L'astucieuse tortue l'avait caché sous sa carapace. Alors, prenant poliment congé, elle s'en alla tranquillement. Les abeilles essayèrent de la piquer, mais sans effet, l'autre était bien trop protégée. C'était pourquoi, d'ailleurs, elle avait eu l'audace d'entreprendre ce que personne n'avait pu faire.

La maison du léopard

FULANI, NIGERIA

Le léopard, seigneur de la jungle – qui est le royaume des animaux –, voulait avoir une maison neuve. Tous les animaux offrirent leur aide pour la construire. La tortue creusa les fondations; le lion tailla les piquets à la longueur voulue; l'hyène les planta dans les trous creusés par la tortue; le lièvre lia entre elles les solives du toit; le serval garnit les murs de claies; l'âne coupa les roseaux que la chèvre tressa et ce fut le chimpanzé, pour finir, qui en recouvrit le toit.

Lorsque le léopard revint de la chasse, qui avait été fructueuse, il trouva sa maison toute prête. Mais croyez-vous qu'il remercia pour la peine qu'avaient prise les autres? Pas du tout! Il se contenta de dire au chimpanzé de décamper, parce qu'il ne voulait pas qu'on le dérangeât.

Les animaux alors réunirent un conseil, formé de tous ceux qui avaient travaillé dur pour bâtir la maison, et tous se plaignirent amèrement. La chèvre déclara :

— Je suis juge et je vais envoyer mon serviteur sommer ce léopard de comparaître par-devant cette assemblée.

Le chien fut alors envoyé pour convoquer le léopard, mais celui-ci, au lieu de l'écouter, lui sauta dessus et le dévora.

C'en était trop. Non seulement le léopard n'avait pas remercié ses ouvriers, non seulement il ne leur avait rien offert de ce qu'il avait rapporté de la chasse, mais voilà que, bien pis, il dévorait l'un des leurs ! L'éléphant, cette nuit-là, marcha sur la maison du léopard et la renversa. Quant au léopard, affolé, il s'enfuit dans la jungle où l'on peut l'entendre toujours, qui gronde et qui renâcle. Les animaux, après cela, élirent l'éléphant comme seigneur de la jungle.

Le chef doit être celui qui n'a rien à craindre, d'aucun de ses sujets.

La peine et le profit

FULANI, AFRIQUE OCCIDENTALE

Un astronome, une nuit, était en train d'observer le ciel. Il y remarqua tout à coup une vache grosse et grasse, suspendue à la Lune au bout d'une longue corde. Sa peau brillait sous le rayon de lune qui jouait sur son ventre rond. Elle était pleine de vie et lançait des ruades, et mugissait haut et fort, mais personne ne l'avait vue, personne, sauf l'astronome, plus observateur que les autres.

Il s'en alla chercher un ami qui était chasseur. Celui-là aussi avait la vue perçante et il vit la vache pendue au bout de sa corde. Avec le plus grand soin, il ajusta son arc, visa, tira, et sa flèche coupa net la corde.

La vache alors tomba, loin de là, et elle finit par plonger dans l'eau d'un fleuve. Un pêcheur qui pêchait là attrapa la vache par les cornes au bout d'une solide ligne. Il tira sur la corde et parvint, à grand-peine, à haler la vache sur la rive. Mais sitôt qu'il eut dénoué la corde de ses cornes, la bête lui échappa et s'enfuit : elle voulait rejoindre un troupeau qui entrait dans un enclos.

La vache de la Lune suivit dans l'enclos les autres vaches et les taureaux, et le fermier referma la barrière. Il remarqua au passage, d'un regard de connaisseur, la nouvelle pièce de bétail dont venait de s'enrichir son troupeau. C'était de loin la plus belle et la plus grasse de ses bêtes. Il ne put se retenir de sourire et se dit : « Qui me fait ce don ? Je ne sais, mais qu'il en soit remercié. »

Aux uns la peine, aux autres le profit !

Le perroquet gris et le pigeon vert

BULU, CAMEROUN

Le perroquet gris possédait un étang qui contenait non pas de l'eau, mais des liquides de toutes les couleurs, comme ceux dont on se sert pour la teinture. En ce temps-là, tous les oiseaux étaient gris, et le perroquet reçut de Zobé, le dieu de la Création, l'ordre de les peindre selon leurs désirs.

Ainsi, un matin, le perroquet gris (qui demeura gris parce qu'il ne se peignit jamais lui-même) fit savoir par toute la forêt qu'il était prêt à colorer les oiseaux. Ils se présentèrent, les uns après les autres, et, après avoir respectueusement salué le perroquet, chacun lui indiqua quelle couleur il désirait pour son plumage et à quel endroit au juste. Chacun priait le perroquet de le peindre le plus exactement possible selon son souhait : le tourako, par exemple, réclama du rouge partout.

Le pigeon vint pour se faire teindre en vert, mais n'ouvrit pas le bec pour le dire. Il se contenta de se percher là, sans parler. Je pense qu'il était tout simplement trop timide, mais le perroquet trouva que c'était de bien mauvaises façons que d'être venu se poser là sans même le saluer. Quand tous les oiseaux eurent leurs plumes bariolées à leur idée, le perroquet demanda au pigeon ce qu'il voulait. Celui-ci enfin ouvrit le bec pour demander :

— Pourriez-vous me peindre aussi, s'il vous plaît ?

Mais le perroquet gris était furieux après le pigeon :

— Tu ne manques pas de toupet, toi ! Il est beaucoup trop tard, maintenant ! Que ne me l'as-tu demandé plus tôt, et poliment ? Allez, ouste !

Et, tout en houspillant le pigeon, il avait pris la touffe d'herbe verte dont il s'était servi pour peindre, et il en frappa d'un grand coup le pigeon. Il restait, sur le pinceau vert, une ou deux gouttes de peinture rouge : et c'est pourquoi le pigeon vert est vert, tout vert comme de l'herbe verte, avec juste le bec et les pattes rouges.

Comment la tortue déjoua les astuces de son beau-père

BULU, CAMEROUN

La tortue se cherchait femme à sa convenance. Elle trouva bientôt une jeune fille qui consentait à l'épouser. Mais il restait à obtenir le consentement du père et à se mettre d'accord sur le « prix de la mariée ». Malheureusement, comme le père de la jeune fille ne tenait pas précisément à avoir une tortue pour gendre, il donna la condition que voici :

— Tout ce que je veux en échange de ma fille, c'est trois gerbes d'eau proprement liées avec de la ficelle.

— Entendu, répondit la tortue. J'irai te les chercher dès que tu m'auras fabriqué cette ficelle avec la fumée de ta pipe.

Voir et entendre

DOUALA, CAMEROUN

L'araignée se lia d'amitié avec le mille-pattes. Un jour qu'ils étaient ensemble, le mille-pattes dit :

— Savais-tu, ma chère, que les humains sont sourds ? Quand je piétine de mes mille pieds, ils n'en entendent pas seulement un se poser.

L'araignée lui répondit :

— Vraiment ? Et moi, t'avais-je dit que j'ai découvert qu'ils sont aveugles aussi ? Quand je viens juste de tisser une nouvelle demeure, il faut qu'un humain me la démolisse en marchant droit dedans !

— Oui, dit le mille-pattes, mais il y a pire : les humains n'aiment pas leur corps ; ils s'entêtent à le recouvrir, de sorte que nul ne peut voir les merveilles que Dieu leur a données !

— Très juste, dit l'araignée, et il y a bien d'autres choses, d'ailleurs, que Dieu nous a données et qu'ils n'aiment pas. Comme le soleil ou la pluie, par exemple, dont il faut qu'ils se protègent avec de stupides chapeaux ou des parapluies !

Et tous deux furent d'accord pour conclure que les humains devaient être bien sots, pour ne pas savoir aimer ce que Dieu leur a donné.

Les deux chats

DOUALA, CAMEROUN

Un homme avait un chat et une cour pleine de poulets. Mais il remarqua, au bout de quelque temps, que presque chaque nuit, un de ses poulets disparaissait. Il accusa son chat de les lui voler, mais le chat protesta de son innocence. L'homme alors décida de tendre un piège à son voleur et il fabriqua une cage qu'il appâta avec un poulet. Le lendemain matin, en visitant sa trappe, il y trouva un « chat de la brousse* ». Depuis lors, plus un poulet ne disparut.

N'accuse jamais personne sans avoir de bonnes raisons de le faire.

* Un serval

Le vent et l'hirondelle

DOUALA, CAMEROUN

Le vent soufflait de toutes ses forces et claironnait :

— Je suis le plus fort ! Plus fort que quiconque ! Houuuuuu !

L'hirondelle dit au vent :

— Je parie que je peux voler quelle que soit ta force !

Le vent accepta le pari et mit au défi tous les oiseaux de voler dans la tornade qu'il faisait souffler.

L'aigle fit un essai, mais il échoua ; le faucon essaya plusieurs fois ; le héron tenta sa chance, mais il tomba et se brisa l'aile. Seule l'hirondelle réussit à se maintenir en vol dans la tempête.

L'adresse n'a rien à voir avec la taille. Ne te prononce pas sans savoir.

Le faucon, le héron, la tortue et le lion

DOUALA, CAMEROUN

Le faucon et le héron vivaient ensemble en toute amitié. Ils chassaient ensemble, mangeaient ensemble. Un jour, pourtant, le faucon dévora toute la viande de la journée. Quand le héron rentra, il se mit en colère et s'en prit furieusement au faucon. La tortue, entendant cette affreuse bataille, vint tenter de les séparer.

Lorsque le combat cessa, le faucon avait perdu un œil. Le héron en colère accusa la tortue, mais la tortue, bien sûr, dit que seul le héron pouvait avoir fait cela.

Ils décidèrent de demander à l'éléphant son arbitrage sur ce point, mais l'éléphant leur dit :

— Cela ne me regarde pas.

Alors ils allèrent trouver le lion, qui interrogea en détail les parties prenantes. Le faucon n'avait pas pu y voir bien clair, puisqu'il avait perdu un œil, si bien que son témoignage n'était pas sûr. Le héron, quant à lui, accusait bruyamment la tortue, mais le lion émit ce verdict :

— Il faut laisser aller la tortue. Il n'y a pas assez de preuve, ni dans un sens, ni dans l'autre. Il est plus probable que ce soit toi, héron, qui aies causé cette blessure, avec tes gestes vifs et ton bec bien pointu. De plus, c'est toi qui te battais ; la tortue, quant à elle, ne cherchait qu'à faire la paix.

Quand la tortue voyage

YAOUNDÉ, CAMEROUN

Un jour, la tortue se mit en route pour le pays Mebenga ; là, elle voulait demander la main de la fille de Zameo. Mais lorsqu'elle arriva, après plusieurs jours de voyage, ce fut pour apprendre que Zameo était mort. Elle se rendit alors à la maison des hommes pour y rencontrer les frères et les fils de Zameo. Ils répondirent à sa demande :

— Tu pourras épouser notre nièce si tu arrives à obtenir le consentement de Zameo lui-même.

C'était bien sûr une condition impossible à remplir, et tous le savaient bien ; mais peu d'hommes acceptent de bon cœur de marier leur nièce ou leur sœur à un étranger. La tortue accepta néanmoins, priant seulement qu'on lui accordât un délai de trois jours.

La tortue alla trouver son devin attitré, Nzozoli, qui lui dit :

— Chaque fois, frère tortue, que sur ton chemin quelqu'un viendra vers toi, donne-lui à manger, quel qu'il soit.

La tortue se mit en route et atteignit bientôt une forêt. Là, elle rencontra un rat.

— Que fais-tu, seul dans cette forêt, frère rat ?

— Frère tortue, comment peux-tu poser une telle question ? Depuis hier, je n'ai rien mangé.

La tortue ramassa le rat et le plaça dans son havresac, qu'elle avait garni de pain avant le départ.

— Là, installe-toi bien, et mange là-dedans tout ce que tu voudras.

Et la tortue reprit sa route, tandis que le rat grignotait à belles dents au fond du havresac.

La tortue aperçut ensuite une hirondelle sur une branche et lui demanda ce qu'elle faisait là.

— Tortue, mon cher frère, je n'ai rien avalé de toute la journée.

— Allons, viens, installe-toi dans mon sac. Et manges-y ce que tu voudras.

L'hirondelle rejoignit le rat à l'intérieur du sac.

Au bout d'un long voyage, ils revinrent au pays Mebenga. Là, les hommes du clan de Zameo emmenèrent la tortue sur la tombe de leur vieux chef.

— Et maintenant, lui dirent-ils, tâche de faire en sorte que Zameo nous parle.

La tortue avait pris soin de libérer le rat de son sac et de lui dire en détail ce qu'il lui fallait faire. Le rat courut en avant, invisible dans les hautes herbes, et se cacha dans un trou creusé par l'un de ses semblables sous le tombeau du chef de clan.

— Chef Zameo, dit bien haut la tortue, acceptes-tu que j'épouse ta fille ?

Une voix douce s'éleva de la tombe :

Tous les hommes étaient stupéfaits, mais ils camouflèrent leur surprise.

— Il te reste encore une épreuve à passer, dirent-ils à la tortue. Prends de la terre dans ta main et lance-la en l'air. Si elle retombe, tu ne peux pas épouser la fille de Zameo.

Encore une épreuve impossible, naturellement, mais la tortue y était préparée. Prenant l'hirondelle dans son havresac, elle se pencha vers le sol pour faire semblant d'y prélever une poignée de terre. Et ce faisant elle chuchotait à l'hirondelle :

— Envole-toi très haut et ne redescends pas ici.

Sur ces mots, elle la lança en l'air. L'hirondelle s'éleva, s'éleva, jusqu'à disparaître hors de la vue.

Alors les hommes du clan durent donner leur consentement, et la tortue fut autorisée à emmener sa fiancée.

Malheureusement, en chemin, ils rencontrèrent le léopard, qui s'empara de la fiancée et l'emporta sur ses terres. La tortue l'y suivit, inspecta rapidement les lieux, creusa un piège et attendit.

Au bout d'un moment, le léopard sortit de chez lui, ferma soigneusement sa porte et s'avança le long du sentier? Il tomba droit dans le piège. Pourquoi ? Parce que la tortue avait placé sa trappe sur le chemin qui menait aux latrines du léopard.

Tire leçon de cette histoire : sois toujours prêt à affronter l'adversité.

La part du lion

NUBIEN, SOUDAN

Un jour le lion, le loup et le renard s'en-allèrent chasser ensemble. Ils attrapèrent un âne sauvage, une gazelle et un lièvre. Le lion dit alors au loup :

— Loup, c'est toi, aujourd'hui, qui feras le partage.

Le loup dit :

— Il me semble équitable, sire, que vous receviez l'âne sauvage et que mon ami le renard prenne le lièvre. Quant à moi, je me contenterai de la gazelle.

À ces mots, le lion se mit en rage. Il souleva sa grosse patte puissante et l'abattit sur la tête du loup. Le loup eut le crâne brisé et mourut presque aussitôt.

Alors le lion s'adressa au renard :

— À ton tour, maintenant, d'effectuer le partage ; et tâche de mieux t'y prendre.

Le renard dit solennellement :

— L'âne sera pour votre déjeuner, sire, la gazelle sera pour le souper de Votre Majesté et le lièvre vous revient, pour votre petit déjeuner de demain.

Le lion, surpris, lui demanda :

— Et depuis quand es-tu aussi sage ?

Le renard répondit :

— Depuis que j'ai entendu craquer le crâne du loup, Majesté.

L'homme, le crocodile et le renard

NUBIEN, SOUDAN

Durant la saison des crues, le Nil épand ses eaux sur de vastes étendues. Un jour, sans prévenir, l'eau redescendit de plusieurs pieds en quelques heures. Un crocodile se retrouva au sec, loin de l'eau. Il se mourait. Un bédouin qui passait par là sur son chameau l'aperçut, prit pitié et lui dit :

— Que me donneras-tu, crocodile, si je te transporte jusqu'au fleuve ?

Le crocodile ouvrit sa grande gueule pleine de dents et dit dans la langue des humains :

— Je promets que moi-même et tous ceux de ma race t'épargnerons à jamais, ainsi que les tiens.

Le bédouin alors ligota le crocodile, le chargea sur son chameau et le transporta jusqu'au fleuve. Là, il déchargea le crocodile et le délivra de ses liens.

— Et maintenant, je vais te manger, dit le crocodile, car j'ai terriblement faim.

Un renard survint sur ces entrefaites et demanda ce qui se passait. Le bédouin et le crocodile exposèrent chacun sa façon de voir la situation, mais le renard feignait de n'y rien comprendre.

— Attaché? Tu dis bien? Ce crocodile était attaché? Mais attaché comment? Je n'arrive pas à comprendre. C'est toi qui l'avais attaché? Mais comment avais-tu fait? Avec cette corde? Comment cela? Autour des pattes? Et les pattes de devant aussi? Fais voir...

Et ainsi de suite, jusqu'à ce que l'homme eût de nouveau entièrement ligoté le crocodile, rien que pour lui faire voir comment il s'y était pris.

— Eh bien, maintenant, laisse-le comme il est, dit le malin renard, et ne le délivre plus.

L'homme éventra le crocodile et donna au renard toutes les entrailles pour qu'il se régale.

Ne fais jamais confiance à un crocodile – pas plus qu'à un renard.

Le lion et l'âne

AFRIQUE ORIENTALE

Le lion s'était lié d'amitié avec l'âne. Comme ils se promenaient ensemble, un corbeau éclata de rire à la vue de cette étrange paire :

— Comment se fait-il, messire Lion, croassa-t-il, que vous soyez en compagnie d'un âne stupide ?

Le lion lui répondit :

— Quiconque m'est utile peut se promener en ma compagnie.

Un peu plus loin, un autre âne sur leur chemin les salua ainsi :

— Bien le bonjour, messire Lion ! Et salut, mon frère !

Sur quoi l'âne se mit à braire :

—Un peu de respect, piétaille ! Tu ne vois donc pas que je suis le compagnon du roi ?

Ils arrivèrent, un peu plus loin, à un endroit où une caverne s'ouvrait dans le roc. Elle avait deux entrées, mais toutes deux trop étroites pour le lion comme pour l'âne. Alors le lion dit à l'âne de se poster près de l'une des entrées, tandis que lui-même prenait place près de l'autre, mais soigneusement camouflé. Puis il fit signe à l'âne de braire. L'autre donna de la voix à pleine gorge. Dans la caverne se cachait une antilope. Épouvantée par le formidable braiment de l'âne, elle ne fit qu'un bond hors de la caverne par l'issue opposée, droit dans la gueule du lion.

L'âne tenta de convaincre le lion qu'il avait droit, lui aussi, à sa part du festin ; il lui fit observer qu'après tout, si cette antilope s'était laissé prendre, c'était grâce à son braiment à lui, l'âne. Mais le lion rugit, pour toute réponse :

— Disparais de ma vue, avant que je ne te dévore à ton tour.

Voilà ce qui arrive quand un âne perd son temps à se faire l'ami d'un lion.

L'arc

AFRIQUE ORIENTALE

Un chasseur avait pour arme le meilleur arc qu'on eût jamais vu. Ses flèches volaient plus loin que toutes les autres et touchaient plus souvent leur but. Mais le chasseur se dit un jour :

« Si j'effilais le bois de cet arc, il serait encore plus souple et mes flèches encore plus rapides... »

Aussi prit-il son couteau pour amenuiser encore le bois de l'arc. Hélas ! D'un coup sec, l'arc se cassa net. Le chasseur avait perdu le plus précieux de ses biens.

Le mieux est l'ennemi du bien.

Qui est le meilleur ?

AFRIQUE ORIENTALE

Les animaux, un jour, discutaient de savoir qui était le meilleur d'entre eux.

— C'est moi ! grondait le lion. Car je suis le plus redoutable.

— Non c'est moi, claironnait l'éléphant, car je suis le plus gros.

— Pas du tout, c'est moi, sifflait la vipère : car ma piqûre ne pardonne pas.

— Et moi ? criait l'aigle. Ne suis-je pas celui qui vole le plus haut ?

Et la discussion se poursuivit ainsi longtemps. Le guépard revendiquait le titre, parce qu'il était le plus rapide, la girafe, parce qu'elle était la plus grande, le python, parce qu'il était le plus long, et la brebis, parce qu'elle était la plus patiente…

Pour finir, ils se mirent d'accord pour faire appel à l'homme et lui demander d'arbitrer la chose. L'homme arriva et dit :

— Le meilleur des animaux ? C'est la vache, parce que c'est elle qui m'est le plus utile.

Chacun juge d'abord d'après son propre intérêt.

L'autruche et le moineau

AFRIQUE ORIENTALE

L'autruche dit au moineau :
— C'est à toi de m'obéir. Je suis plus grande, plus forte et plus importante que toi, qui n'es vraiment pas grand-chose.

Juste à cet instant, des chasseurs surgirent, qui aperçurent l'autruche. Ils tirèrent. Une seconde plus tard, l'autruche se mourait. Le moineau s'envola, sain et sauf : comme il n'était vraiment pas grand-chose, les chasseurs ne se souciaient pas de lui.

Quand le lion se meurt

AFRIQUE ORIENTALE

Le lion était mourant — les lions eux-mêmes doivent mourir un jour — et il soupirait :

— Peut-être ai-je beaucoup péché, mais j'ai fait de bonnes actions aussi. Comme ce jour, par exemple, où j'ai fait preuve de clémence en n'attaquant pas un agneau, et tout en même temps de patience envers cette brebis qui se moquait de moi !

Le chacal, qui attendait la mort du lion, lui fit remarquer en ricanant :

— Oui, je me souviens bien de ce jour. C'était il n'y a pas si longtemps. Tu aurais un éclat d'os en travers de la gorge et tu faisais des bonds sur place sans savoir comment t'en tirer. Il a fallu qu'une grue vînt t'enlever cet os du gosier.

Les tyrans sont bien souvent des hypocrites, mais en retour ils reçoivent peu de compassion. En témoignent-ils jamais eux-mêmes ?

Le singe cultivé

AFRIQUE ORIENTALE

Un jour messire Lion fit connaissance d'un singe qui savait lire et écrire. Il fut si satisfait de son nouvel ami qu'il en fit son Premier ministre (son waziri). Le royaume devint prospère, mais le chacal était furieux, parce que Sa Majesté le Lion passait le plus clair de son temps en compagnie du singe très sage à discuter de la parole transmise par le Saint Prophète, au lieu de chasser et de capturer du gibier pour lui-même et le chacal. Aussi le chacal commença-t-il à calomnier le singe dans l'oreille du lion, affirmant que le singe n'attendait que le jour de devenir roi à son tour, après avoir empoisonné le lion. Le lion finit par croire le chacal, parce que ce dernier ne cessait de répéter ces infâmes calomnies.

Si bien qu'un jour le lion abattit sa grosse patte sur son Premier ministre et que le singe, frêle et âgé, tomba mort sur-le-champ. Sitôt qu'il vit ce qu'il avait fait, le lion comprit qu'il venait de tuer son meilleur ami.

— Hélas ! se lamentait-il, j'ai perdu en même temps mon Premier ministre et mon meilleur ami.

— Ne vous tourmentez pas, sire ! dit une voix. Votre meilleur ami, c'est moi, et me voici !

C'était le chacal, qui avait observé la scène à distance. Le lion voulut le croire et en fit son Premier ministre. Mais le pays périclita.

L'âne et le rossignol

AFRIQUE DU NORD ET AFRIQUE ORIENTALE

Un soir le rossignol chantait merveilleusement. Un âne l'écoutait et, lorsque le rossignol se tut pour reprendre son souffle, l'âne fit observer :

— Très joli ! vraiment, mon ami emplumé. Mais chez moi, nous avons un coq qui chante tous les matins et il chante bien plus fort que toi. Tu ne risques pas de faire mieux que lui !

Ne gaspille donc pas tes talents auprès de ceux qui sont incapables de les apprécier vraiment.

L'écureuil et l'escargot

ZANDE, NORD-EST DU ZAÏRE

L'escargot allait son chemin à son allure habituelle. Il rencontra l'écureuil qui filait à grands bonds.

— Pauvre traînard! lui lança l'écureuil. Ce n'est pas toi qui risques d'aller vite, sans pieds ni pattes comme tu es!

Mais l'escargot répondit:

— Non seulement je sais courir, mais encore, tu verras, demain je ferai la course avec toi, et c'est moi qui gagnerai, pari tenu? Aujourd'hui je me promène pour le plaisir.

L'écureuil accepta le défi. L'escargot vivement s'en fut trouver son frère et lui dit:

— Va te poster demain au bord de la rivière. Quand tu verras un écureuil arriver là en courant comme un fou, tu n'auras qu'à crier: «Je suis déjà là ! » C'est tout ce que je te demande de faire.

Le lendemain matin, l'écureuil vint au rendez-vous et accepta de faire la course avec l'escargot, entre le gros arbre et le bord de la rivière.

Un, deux, trois ! L'écureuil fonça en avant. Mais comme il atteignait le bord de la rivière, il entendit crier :

— Ça y est, je suis déjà là !

Il revint alors en courant au gros arbre, mais là encore il vit l'escargot qui lui dit :

— Je suis déjà de retour, moi !

L'écureuil hors d'haleine dut admettre sa défaite.

Tous les escargots se ressemblent. Il est utile d'avoir un bon frère. Attends-toi toujours à l'inattendu. La chance peut tourner !

La tortue, l'éléphant et l'hippopotame

ZAÏRE

Un jour, la tortue rencontra l'éléphant qui lui dit en trompettant :

— Écarte-toi de mon chemin, mauviette, ou je vais te marcher dessus !

La tortue, sans s'émouvoir, resta là où elle était. L'éléphant lui mit le pied dessus, sans pourtant arriver à l'écraser.

— Ne te vante donc pas, éléphant, je suis aussi forte que toi !

Ainsi parlait la tortue, mais l'éléphant se mit à rire. Alors la tortue l'invita à se trouver là le lendemain matin, sur ce même coteau.

Avant le lever du jour, la tortue descendit la pente jusqu'au bord de la rivière ; elle y trouva l'hippopotame qui retournait dans son eau après son repas nocturne.

— Monsieur Hippo! Que diriez-vous d'un petit jeu de lutte? Je parie que je suis aussi forte que vous.

L'hippopotame se mit à rire, mais il accepta le pari. La tortue déroula une longue corde et dit à l'hippopotame d'en prendre un bout entre ses mâchoires et d'attendre son signal pour tirer. Puis elle remonta vers le haut de la colline. Là, sur l'autre versant, l'attendait l'éléphant qui s'impatientait déjà. Elle lui donna l'autre bout de la corde et lui dit:

— Quand je crierai «hé!», tirez, s'il vous plaît. Et vous verrez qui de nous deux est le plus fort.

La tortue alla se camoufler à mi-pente et cria: «hé!» L'éléphant et l'hippopotame se mirent à tirer chacun de son côté, à tirer, à tirer, mais ils étaient d'égale force. Et chacun dut admettre que la tortue était beaucoup plus forte qu'il ne l'aurait cru.

N'accepte jamais un pari avec un partenaire en qui tu ne peux avoir confiance. La tortue laisse aux autres tous les efforts et s'en attribue le bénéfice.

Les animaux

DIGO, TANZANIE

Jadis, il y a bien longtemps, tous les animaux étaient des animaux domestiques. Ils vivaient avec l'homme dans son jardin. Mais il ne pouvait toujours en être ainsi, bien sûr, parce que certains animaux aiment trop la liberté, que d'autres sont coléreux et violents par nature, d'autres trop fiers, d'autres trop délicats et sensibles. Aussi, sans trêve, cherchaient-ils querelle à l'homme, jusqu'à ce que ce dernier leur dît, pour finir :

— Je ne peux plus vous supporter, allez-vous-en ! Allez vivre dans la nature sauvage ! Il n'est pas question de rester avec moi si vous refusez de m'obéir !

Et c'est ainsi que la plupart des animaux s'en allèrent : le lion colérique, le léopard rapace, la hyène souillon, l'orgueilleuse girafe, la frêle gazelle, le rhinocéros au sale caractère et l'indomptable éléphant. D'autres restèrent : la chèvre goulue, l'humble brebis, la vache placide et le chien docile. Ceux-là acceptèrent de vivre avec l'homme et de faire tout ce qu'il voudrait.

Le chien persévérant

BURA, RÉPUBLIQUE CENTRAFRICAINE

Un chien s'évertuait à briser entre ses dents un gros os de fémur.

— Pourquoi tant de peine, rien que pour un vieil os sec et dur ? lui demanda son maître.

Le chien répondit :

— Parce que je compte bien trouver là-dedans de la moelle exquise.

Table des matières

Préface 153
Le cheval (Afrique du Nord) 157
L'anneau magique (Afrique du Nord) 158
Gratitude (Afrique du Nord) 163
Il est plus sûr d'avoir plusieurs tours
dans son sac (Afrique du Nord) 166
Le chacal berné (Afrique du Nord) 168
Les chiens (Afrique du Nord) 172
Le chien qui se vantait (Afrique du Nord) 173
Le chat et les rats (Afrique du Nord) 174
L'homme et son pigeon (Afrique du Nord) 176
La hyène avisée (Fulani, Guinée) 178
Le chien et le lézard (Bambara, Mali) 179
La chèvre et la hyène (Bambara, Mali) 182
Que faire? (Bambara, Mali) 184
Les abeilles et la tortue (Bambara, Mali) 186
La maison du léopard (Fulani, Nigeria) 188
La peine et le profit (Fulani, Afrique occidentale) 190
Le perroquet gris et le pigeon vert
(Bulu, Cameroun) 192
Comment la tortue déjoua les astuces
de son beau-père (Bulu, Cameroun) 195

Voir et entendre (Douala, Cameroun) 196
Les deux chats (Douala, Cameroun) 198
Le vent et l'hirondelle (Douala, Cameroun) 199
Le faucon, le héron, la tortue et le lion
(Douala, Cameroun) 200
Quand la tortue voyage (Yaoundé, Cameroun) 202
La part du lion (Nubien, Soudan) 207
L'homme, le crocodile
et le renard (Nubien, Soudan) 209
Le lion et l'âne (Afrique orientale) 211
L'arc (Afrique orientale) 213
Qui est le meilleur? (Afrique orientale) 214
L'autruche et le moineau (Afrique orientale) 216
Quand le lion se meurt (Afrique orientale) 217
Le singe cultivé (Afrique orientale) 218
L'âne et le rossignol (Afrique du Nord
et Afrique orientale) 220
L'écureuil et l'escargot (Zande, nord-est du Zaïre) . 221
La tortue, l'éléphant et l'hippopotame (Zaïre) 223
Les animaux (Digo, Tanzanie) 225
Le chien persévérant
(Bura, République centrafricaine) 227

JEAN MUZI

20 contes du Niger

Illustrations de
ROLF WEIJBURG

Castor Poche Flammarion

Avant-propos

Le Niger est l'un des plus grands fleuves d'Afrique. Il prend sa source dans le Fouta-Djalon, région montagneuse située entre la Sierra Leone et la Guinée.

Ses eaux mettent neuf mois à parcourir les quatre mille kilomètres qui séparent sa source de son embouchure. Avant de se jeter dans l'océan Atlantique, le fleuve longe successivement la Guinée, le Mali, le Niger, le Bénin et le Nigeria.

Les contes ont longtemps tenu une place importante parmi les distractions de ces cinq pays. Exclusivement racontés le soir, devant les cases ou sur la place du village, ils sont le reflet de la tradition africaine. La simplicité du récit et le comique de certains personnages ne les empêchent pas d'aborder des questions essentielles pour les Africains. Le but du conteur est en effet d'amuser tout en initiant à la vie sociale.

Les contes réunis dans le présent ouvrage appartiennent à la littérature orale africaine. Au-delà du simple divertissement, ils permettent aux lecteurs de découvrir une autre culture.

Jean Muzi

1. La naissance du fleuve

Une vieille femme trouva un jour un petit veau. Elle le recueillit et le nourrit. Le veau grandit et devint un énorme taureau.

Un boucher proposa alors à la vieille femme de lui acheter l'animal.

— Il n'est pas à vendre, déclara-t-elle.

Mécontent, le boucher se rendit chez le roi.

— Une de mes voisines, lui dit-il, possède

un taureau si beau que toi seul peux prétendre à le manger.

Le roi donna l'ordre à cinq serviteurs d'accompagner le boucher et de ramener rapidement l'animal.

Arrivés chez la vieille femme, les six hommes dirent à celle-ci :

— Le roi nous envoie pour prendre ton taureau.

— Je ne puis m'opposer à la volonté royale, répondit-elle. Prenez-le donc !

Les six hommes s'approchèrent du piquet auquel était attaché le taureau. Lorsqu'il les aperçut, l'animal baissa la tête et, cornes en avant, les chargea. Les hommes reculèrent, effrayés.

— Dis à ton taureau de se calmer, supplièrent-ils.

La vieille femme parla à l'animal qui se laissa passer une corde au cou. Et il fut emmené.

De retour chez le roi, les six hommes obligèrent le taureau à se coucher sur le flanc. Ils lui lièrent les pattes afin de l'empêcher de se débattre. Puis le boucher prit son couteau pour l'égorger. Mais le couteau, pourtant très aiguisé, n'entama même pas la peau de l'animal. Le taureau possédait le pouvoir de résister aux métaux les plus tranchants.

Furieux, le boucher demanda aux hommes qui l'avaient accompagné d'aller chercher la vieille femme.

— Dis à ton taureau de se laisser égorger, si tu ne veux pas être punie par le roi, conseilla-t-il à la femme dès qu'elle fut arrivée.

Elle s'approcha de l'animal et lui parla. Le boucher parvint alors à égorger le taureau. Il l'écorcha ensuite, le dépeça et apporta toute la viande au roi, qui lui ordonna de remettre la graisse de l'animal à la vieille femme.

Elle la mit dans un panier qu'elle emporta. Arrivée chez elle, elle n'eut pas le courage d'utiliser cette graisse. Elle s'était tant attachée au taureau qu'elle ne put se résoudre à en manger le moindre morceau.

La vieille femme n'avait pas d'enfants. Elle vivait seule et devait faire elle-même son ménage malgré son âge avancé. Or, depuis la mort de son taureau, chaque fois qu'il lui arrivait de s'absenter, elle retrouvait sa case balayée.

Intriguée, elle voulut savoir qui lui rendait ainsi service. Un matin, elle sortit et se cacha non loin de sa case pour observer ce qui se passerait. Au bout d'un moment, elle entendit du bruit. Elle approcha lentement de l'entrée de sa case et fit brusquement irruption à l'intérieur. Elle se trouva nez à nez avec une jeune fille. Surprise, celle-ci tenta de rejoindre le panier contenant la graisse du taureau. Mais la vieille femme l'en empêcha.

— Que fais-tu donc dans ma case ? lui demanda-t-elle.

— Je nettoie, répondit la jeune fille. Mais laisse-moi rejoindre le panier.

— Non ! dit la femme.

Elle saisit le panier et s'aperçut qu'il était vide. Elle comprit alos que la graisse du taureau s'était transformée en jeune fille. Afin que cette dernière conserve son apparence, la vielle femme détruisit le panier. Et elle adopta la jeune fille qui vécut près d'elle.

Quelques semaines plus tard, un marchand

s'arrêta près de leur case pour demander à boire. La vieille femme était sortie. Ce fut la jeune fille qui lui offrit de l'eau. L'homme fut si bouleversé par sa beauté qu'il avala son eau avec difficulté. Sans attendre, il se rendit chez le roi et lui parla de l'existence de la jeune fille. Celui-ci envoya quelqu'un pour la chercher. Elle se présenta devant le roi en compagnie de la vieille femme.

— Ta fille est très belle, dit le roi. Je veux l'épouser.
— J'accepte, dit la femme. Mais à condition que tu veilles à ce qu'elle ne sorte pas aux heures chaudes de la journée et qu'elle ne s'approche jamais d'un feu, car elle fondrait alors comme de la graisse.
— C'est promis, répondit-il.

Le roi épousa la jeune fille sans tarder. Il avait plusieurs femmes. Très vite sa nouvelle épouse devint sa préférée. Cela contraria beaucoup l'ancienne favorite qui dut rejoindre les femmes ordinaires. Aussi jura-t-elle de se venger.

Plusieurs mois passèrent et le roi partit

seul en voyage. L'ancienne favorite attendait ce moment depuis longtemps. Elle profita du départ du roi pour parler aux femmes ordinaires. Elle fit si bien qu'elle parvint à les rendre très jalouses de la favorite. Elle suggéra ensuite d'aller lui rendre visite.

— Tu ne travailles jamais et notre mari t'offre toujours les plus beaux bijoux, déclarèrent-elles à la favorite. Si tu ne fais pas griller immédiatement les graines de sésame que voici, nous te tuerons.

La favorite fut contrainte d'obéir. Elle fit du feu et commença à travailler. Mais à mesure que grillait le sésame, son corps fondait. Très vite, elle ne fut plus qu'un liquide huileux qui finit par donner naissance à un grand fleuve.

À son retour, le roi fut surpris de ne pas retrouver sa femme préférée.

— Où est-elle donc ? demanda-t-il.

— Elle a voulu cuisiner, répondit l'ancienne favorite. Son corps a fondu, donnant naissance au fleuve que tu peux apercevoir non loin d'ici.

La nouvelle attrista le roi. Il courut vers

le fleuve, suivi par son ancienne favorite. Arrivé près du cours d'eau, il prit la forme d'un hippopotame. Puis il se précipita dans le fleuve à la recherche de sa bien-aimée. L'ancienne favorite, qui aimait toujours le roi d'un amour profond, ne put se résoudre à le perdre. Elle se transforma en caïman et se jeta à l'eau pour pouvoir rester près de lui.

Depuis, caïmans et hippopotames ont toujours vécu ensemble dans le fleuve.

2. Le champ du génie

Non loin du fleuve se trouvait un terrain que personne n'avait jamais osé défricher, car on disait qu'il appartenait à un génie.

Un matin, un homme décida de mettre ce terrain en valeur. On lui conseilla de renoncer à son projet, mais il refusa. Il partit donc avec ses outils. Arrivé sur le terrain, il commença à travailler.

— Qui défriche ainsi mon terrain ? interrogea soudain la voix d'un génie qui restait invisible.

— Moi ! répondit l'homme. Je voudrais faire un champ à cet endroit.

— À qui as-tu demandé l'autorisation ?

— À personne, dit l'homme.

Le génie fit alors apparaître cent captifs qui aidèrent le paysan. Et en fin de journée, le terrain était entièrement défriché. L'homme rentra dans son village et ne parla à personne de ce qui s'était passé.

Quelques jours plus tard, il retourna sur le terrain et mit en tas toutes les broussailles qui avaient été arrachées.
— Qui va là ? demanda le génie.
— C'est moi ! dit le paysan.
— Que viens-tu faire encore ici ?
— Poursuivre le travail et brûler tout ce que nous avons arraché.
Le génie envoya ses captifs et tout fut brûlé en quelques heures. L'homme rentra ensuite chez lui et attendit la saison de l'hivernage.

Dès les premières pluies, il retourna sur le terrain afin de l'ensemencer.
— Qui ose fouler mon champ ? demanda le génie.
— Moi ! répondit le paysan.
— Encore toi !

— Oui. Je vais semer du mil, déclara l'homme.

Le génie fit à nouveau apparaître ses cent captifs pour l'aider. Et le champ, qui était très étendu, fut rapidement ensemencé.

Le mil poussa. Vint le moment où il fallut le protéger des oiseaux. Armé de sa fronde, le paysan lança des pierres et poussa des cris pour effrayer les pillards.
— Que se passe-t-il ? demanda le génie.
— Rien, dit l'homme. Je fais de mon mieux pour éloigner les oiseaux.

Chaque jour, le paysant travaillait seul en attendant que le mil parvint à maturité. Au bout d'une semaine, il tomba malade. Sa maladie n'était pas très grave, mais elle l'empêchait de se rendre jusqu'au champ. Aussi décida-t-il d'y envoyer son jeune fils.
— Aujourd'hui, tu vas me remplacer, dit-il à l'enfant. Fais de ton mieux pour éloigner les oiseaux et tâche de ne pas toucher aux tiges de mil.
— Oui, dit l'enfant.

— Si quelqu'un te demande qui tu es, réponds que tu es mon fils, ajouta le père.

L'enfant partit sans attendre. Arrivé dans le champ, il cassa une tige de mil et en suça la sève. Elle était sucrée et il se régala.

— Qui est là ? demanda soudain le génie.

— Je suis le fils du paysan, expliqua l'enfant. Mon père est malade et il m'a envoyé ici pour le remplacer.

— Que fais-tu ?

— Je suce la sève d'une tige de mil, répondit l'enfant.

Le génie fit alors apparaître ses cent captifs.

— Le fils du paysan a cassé une tige de mil, leur dit-il, et il est en train d'en sucer la sève. Aidez-le donc.

Les captifs obéirent. Ils étaient très gourmands et en quelques heures il ne resta plus rien dans le champ.

3. La traversée du fleuve

Trois hommes cheminaient à travers la brousse. Ils se dirigeaient vers le fleuve qu'ils comptaient traverser avant la nuit.

Le premier portait un sabre. Et le second, un arc et des flèches. Le troisième n'était pas armé. C'était un homme humble qui portait autour de la tête un long turban de couleur blanche.

Arrivé au bord du fleuve, les trois hommes furent surpris par sa largeur.

— Comment allons-nous parvenir à le franchir ? interrogea l'un d'eux.

— Que chacun fasse de son mieux, déclara celui qui portait le sabre. Retrouvons-nous sur l'autre rive.

Il s'approcha alors de l'eau, leva ses bras musclés et frappa le fleuve avec son arme. Les eaux s'entrouvrirent et il traversa rapidement tandis que le passage se refermait derrière lui. Arrivé sur la rive opposée, il se retourna et interpella ses compagnons.

— Faites comme moi, leur dit-il.

Le deuxième homme prit son arc et visa un arbre au-delà du fleuve. Il était très adroit et il y planta une flèche du premier coup. Puis il tira rapidement toutes celles que contenait son carquois. Les flèches s'enfilèrent les unes dans les autres et finirent par constituer un pont fragile au-dessus du fleuve. Le deuxième homme l'emprunta et put ainsi traverser à son tour.

— Fais comme nous, crièrent les deux

premiers hommes à leur compagnon qui se trouvait toujours de l'autre côté du fleuve.

Le troisième homme déroula lentement son turban. Il fit un nœud coulant et lança le turban qui alla s'accrocher à un arbre sur la rive opposée. Et il traversa, lui aussi.

Les trois hommes étaient à nouveau réunis; Ils échangèrent alors un sourire sans rien dire avant de se séparer.

La vie n'est-elle pas un fleuve que chacun traverse à sa façon?

4. Les deux sœurs

Une mère avait deux filles. Elle préférait l'aînée, qu'elle favorisait constamment. Un matin, elle envoya la puînée au fleuve pour laver une calebasse.

La petite obéit et partit aussitôt. Arrivée au bord du fleuve, elle rencontra un génie qui avait pris l'apparence d'une vieille femme.

— Peux-tu m'aider à remplir ma jarre ? lui demanda la vieille femme.

— Oui, dit l'enfant.

Dès que la jarre fut pleine, la petite fille lava sa calebasse et voulut rentrer chez elle. Mais la vieille femme la retint et lui offrit un œuf.

— En chemin, lui dit-elle, des oiseaux vont t'insulter et te conseiller de te débarrasser de cet œuf. Surtout ne leur réponds pas et veille à ne pas casser l'œuf avant d'arriver en vue de ton village. Si tu m'écoutes, tu n'auras pas à le regretter.

— Bien, dit la petite fille.

Et elle partit. Elle rencontra effectivement des oiseaux qui l'insultèrent.

— Brise ton œuf, lui dirent-ils, car il est maléfique.

La petite fille refusa de les écouter et poursuivit rapidement son chemin. Arrivés près de son village, elle trébucha contre une pierre et elle tomba. L'œuf lui échappa et se brisa. Aussitôt, un troupeau de bétail apparut, qui la suivit jusqu'à sa case.

— Où as-tu trouvé tous ces animaux ? demanda sa mère avec surprise.

La petite lui expliqua ce qui s'était passé. La mère voulut que sa fille aînée fasse de même. Elle lui demanda donc de se rendre au fleuve pour y laver à son tour une calebasse. L'aînée protesta, prétendant que le fleuve était loin et qu'elle n'aimait pas marcher. Comme sa mère insistait, elle finit par obéir.

Arrivée au fleuve, elle rencontra elle aussi la vieille femme.

— Je suis âgée, lui dit celle-ci. Peux-tu m'aider à remplir ma jarre ?

— Débrouille-toi toute seule, répondit la fille, car je suis fatiguée.

La vieille femme insista.

— Ne m'ennuie pas, reprit la fille.

— Tu n'es pas très serviable, constata la femme. Mais je vais quand même te faire un cadeau.

Et elle lui tendit un œuf.

— Prends bien soin de ne pas le casser avant d'arriver chez toi, conseilla-t-elle.

— Oui, vieille folle ! répondit la fille avant de s'en retourner.

Sur le chemin, quelques oiseaux l'insultèrent. La fille leur répondit de la façon la plus vulgaire. Elle s'emporta et leur lança l'œuf pour les chasser. L'œuf se brisa et des bêtes féroces en surgirent aussitôt. Elles se jetèrent sur la jeune fille et la dévorèrent rapidement.

Il ne resta d'elle que son bracelet. Sa mère le retrouva le lendemain sur le sol. La vieille femme l'attendait à cet endroit. Elle l'aborda et lui dit qu'elle avait été témoin du drame. Elle lui raconta ce qu'elle avait vu, mais elle ne lui expliqua pas pourquoi sa fille avait subi ce triste sort.

5. Le prince et le caïman

À la mort de son père, un prince fut évincé du pouvoir par son frère cadet qui le fit emprisonner. Mais il réussit à s'évader grâce à la complicité de son griot*.

* Griot : en Afrique, poète, chanteur, danseur. On distingue les troubadours, les musiciens, les conseillers des chefs, et les détenteurs du savoir.

Les deux hommes prirent la fuite ensemble, n'emportant avec eux qu'une outre remplie d'eau et le chien du prince. Ils marchèrent près d'une semaine avant d'arriver dans un village où l'hospitalité leur fut accordée. Le chef du village organisa une fête en leur honneur et pria ses filles de tenir compagnie à ses hôtes.

Après avoir dîné, les jeunes filles quittèrent la case occupée par le prince. L'une d'elles oublia son collier d'or. Durant le sommeil du prince, une autruche pénétra dans la case et avala le collier.

Le lendemain matin, les jeunes filles vinrent réveiller le prince de bonne heure.

— Hier soir, dit l'une d'elles, j'ai oublié mon collier dans ta case.

— Je n'ai rien vu, déclara le prince.

— Où l'as-tu caché ? demandèrent les jeunes filles.

Comme le prince ne répondait pas, elles fouillèrent sa case. Mais en vain.

Furieuse, celle qui avait perdu son collier alla en parler à son père.

— Es-tu sûre que ce soit lui qui l'ait volé ? demanda le chef.

— Oui ! père, répondit-elle. Je suis la dernière à être sortie de sa case hier soir.

— Ma fille, il est difficile d'accuser quelqu'un sans véritable preuve, déclara le chef.

Durant ce temps, le prince examinait le sol. Il y découvrit les empreintes des pattes de l'autruche. Il se rendit alors chez le chef du village.

— Je souhaiterais acheter ton autruche, lui dit-il.

— Elle n'est pas à vendre, répondit le chef. Mais que veux-tu faire de cette autruche ?

— La tuer ! dit le prince.

— La tuer ? Et pourquoi ?

— Pour permettre à ta fille de retrouver son collier, expliqua le prince.

L'oiseau fut mis à mort. Dans son estomac, les serviteurs du chef retrouvèrent le collier d'or.

— Ta fille mérite punition, car elle m'a accusé à tort de lui avoir volé son collier, dit le prince.

— Oui, répondit le père. Reviens me voir en fin d'après-midi et je lui infligerai la punition de ton choix.

Le prince accepta. Mais le griot n'était pas de cet avis.
— Il ne nous arrivera rien de bon si tu fais punir la jeune fille, dit-il au prince. Il est préférable d'oublier.

Le prince écouta les conseils de son griot et tous deux reprirent la route sans attendre. Ils marchèrent longtemps dans la brousse. L'eau vint à leur manquer. Épuisé, le griot refusa de continuer et s'allongea à l'ombre d'un grand arbre.
— Attends-moi ici avec le chien, lui dit le prince. Je vais aller chercher de quoi boire.

Et il partit avec l'outre.

Une heure plus tard, il arriva près d'une mare où un génie était en train de se baigner. Le génie le regarda fixement et des flammes jaillirent de son corps. Le prince ne parut pas impressionné. Alors le génie grandit et se transforma en un géant hideux. Le prince resta impassible.

— Où veux-tu en venir ? demanda-t-il au génie.

— Je voulais voir si tu étais courageux, répondit celui-ci. Comme tu es très brave, je vais te faire un cadeau.

Et il lui donna un fusil.

— Merci ! dit le prince.

— Avec ce fusil, il te suffira de tirer en l'air pour tuer tes adversaires, déclara le génie.

Après avoir rempli son outre d'eau, le prince décida d'essayer le fusil. Il tira en l'air et le génie mourut. Il rejoignit ensuite son griot qui, las d'attendre, s'était mis à chanter les louanges de son jeune maître. Le prince lui donna à boire et lui raconta ce qui s'était passé.

— Avec ce fusil, ajouta-t-il, je suis invincible, car nul autre que moi ne possède une arme aussi merveilleuse.

Les deux hommes s'accordèrent une nuit de repos et repartirent de bonne heure le lendemain matin.

Au bout de quinze jours, ils arrivèrent dans une petite capitale située au bord d'un large fleuve. Depuis près d'un an, personne n'y avait bu d'eau fraîche car un caïman féroce empêchait les habitants de s'approcher du cours d'eau. Chaque année, une jeune fille, parée de ses plus beaux bijoux, lui était sacrifiée. En échange le caïman permettait aux habitants de faire provision d'eau pour un an.

Le soir où le prince et son griot pénétrèrent dans cette étrange capitale, une grande animation régnait dans la ville. Ils demandèrent l'hospitalité à un homme qui accepta de les loger dans sa case.

— J'ai très soif, déclara le prince.
— Tu devras attendre demain pour te désaltérer, dit l'homme.
— Pourquoi ? interrogea le prince.

L'homme lui expliqua qu'il n'y avait plus d'eau, car toute la ville subissait la tyrannie d'un caïman.

— Demain, une jeune fille sera sacrifiée et nous pourrons faire provision d'eau pour un an, ajouta-t-il. Tu as dû apercevoir les préparatifs de la fête dans toute la ville.

— Montre-moi le chemin du fleuve ! dit le prince.

— Non, supplia l'homme. C'est trop dangereux.

Le prince et son griot étaient tellement assoiffés qu'ils maltraitèrent l'homme pour l'obliger à les conduire jusqu'au fleuve. Dès qu'ils furent en vue du cours d'eau, l'homme refusa de faire un pas de plus et retourna chez lui en courant.

Le prince prépara son fusil, pendant que le griot s'approchait du fleuve pour remplir l'outre. Dès qu'il l'eut plongée dans l'eau, une voix caverneuse se fit entendre. C'était le caïman.

— Qui ose puiser mon eau ? demanda l'animal.

— Moi ! répondit le griot, car j'ai très soif.
— Qui es-tu ?
— Un étranger !
— Nul n'a le droit d'enfreindre mes lois, hurla le caïman avec colère.

Et il s'approcha lentement de la berge. Il ouvrit ses énormes mâchoires et cracha des flammes rouges qui terrorisèrent le griot.

— Ne m'abandonne pas, dit-il au prince.

Alors celui-ci tira et le caïman mourut. Toujours tremblant, le griot ne parvint qu'avec difficulté à remplir l'outre. Pendant ce temps le prince traînait au sec le corps de l'animal. Puis il attacha son chien près du caïman pour qu'il le garde.

L'homme qui les avait accompagnés jusqu'au fleuve fut surpris de revoir le prince et son griot.

— Comment êtes-vous parvenus à échapper au caïman ? demanda-t-il.

— Il est des questions qui doivent rester sans réponse, dit le prince.

L'homme n'insista pas.

Le lendemain, le roi, suivi de ses ministres et de toute la population de la capitale, s'approchait lentement du fleuve pour remettre sa propre fille au caïman, lorsqu'il aperçut soudain la dépouille de l'animal gardée par un chien. Surpris, il donna l'ordre à tout le monde de s'arrêter et de faire silence.

— Je vous annonce la mort du caïman, s'écria le roi en souriant.

À cette nouvelle, tout le monde se précipita dans l'eau du fleuve. Puis le roi volut savoir qui avait tué le caïman.

— J'accorderai tout ce qu'il voudra à celui qui a réussi à nous débarrasser de ce maudit animal, déclara-t-il.

Trois hommes prétendirent avoir tué le caïman. Le roi réfléchit un moment avant de leur dire :

— Le valeureux chasseur qui a tué le caïman a laissé son chien pour en garder la dépouille. Je veux donc savoir à qui appartient ce chien.

Chacun des trois hommes déclarant en être le propriétaire, le roi leur ordonna de s'approcher du chien pour le caresser. L'animal les mordit tous les trois en aboyant furieusement.

— Vous mentez, dit le roi. Un chien ne mord pas son maître.

L'homme qui avait hébergé le prince et son griot s'avança alors.

— Est-ce toi qui as tué le caïman ? lui demanda le roi.

— Non ! Mais je connais celui qui l'a tué.

— Où est-il ? demanda le roi.

— Il dort dans ma case.

Le roi envoya deux soldats avec ordre de le

ramener rapidement. Lorsque le prince fut devant lui, le roi lui dit :

— C'est donc toi qui as tué le caïman ?
— Oui, dit le prince, qui était pieds nus.
— Peux-tu le prouver ?
— Oui ! Le chien qui garde la dépouille de l'animal m'appartient.

Le prince s'approcha de son chien et le caressa avant de le détacher. Puis il retourna le caïman. Une paire de chaussures se trouvait sous le corps de l'animal. Il les ramassa et se chaussa.

— Cet homme est bien le valeureux chasseur qui a tué le caïman, déclara le roi devant la foule. Je lui demandais une preuve et il m'en a fourni deux.

Tout le monde acclama longuement le prince.

— Que souhaites-tu en guise de récompense ? demanda enfin le roi.

— La main d'une de tes filles, répondit le prince.

— Je n'en ai qu'une, dit le roi. Mais je te l'accorde avec plaisir.

Le mariage fut célébré avec faste.

Le roi n'avait pas de fils. Avant de mourir, il désigna son gendre comme héritier. Dès qu'il fut sur le trône, celui-ci leva une armée. Et il partit en guerre pour récupérer le trône que son frère cadet lui avait usurpé quelques années plus tôt.

6. Les menteuses

Deux frères avaient chacun une fille. Un matin, l'un d'eux se rendit chez l'autre. Mais celui-ci était absent.

— Où est ton père ? demanda l'homme à la fille de son frère.

— Cette nuit, répondit-elle, le ciel s'est affaissé. Mon père est allé couper des arbres afin de faire des étais qui permettront de le soutenir.

— Puisqu'il est occupé, dit l'homme, je le verrai plus tard. Mais n'oublie pas de lui dire que je suis passé.

Lorsque son père fut de retour, la fille lui annonça que son frère était venu le voir. Il décida alors de lui rendre visite à son tour. Et il partit sans attendre.

— Ton père est-il là ? demanda-t-il à sa nièce qui pilait du mil devant sa case.
— Non, répondit-elle.
— Tant pis, dit l'oncle. Mais j'ai très soif. donne-moi à boire.
— Oui, dit-elle.
Et elle entra dans sa case. Comme elle tardait à en ressortir, l'oncle finit par s'impatienter.
— Que fais-tu donc ? interrogea-t-il sur le ton de la colère.
— L'eau de la jarre de ma mère et celle de la jarre de ma belle-mère ont été mélangées, répondit-elle. Je suis en train de les séparer. Je te donnerai à boire lorsque j'aurai terminé.

À votre avis, quelle est la plus menteuse des deux ?

7. La promesse

Un homme, dont les doigts étaient rongés par la lèpre, vivait de la vente de ses poulets. Chaque jour, il allait chercher des termites pour les nourrir.

Un matin, alors qu'il longeait le fleuve, il arriva près d'un grand arbre où un rapace avait fait son nid et pondu ses œufs.

— Pourquoi ramasses-tu des termites ? lui demanda l'oiseau.

— J'élève des poulets, répondit l'homme. Les termites me servent à les engraisser. Je n'ai pas la possibilité de faire un autre travail, car mes doigts sont coupés.

— Accepterais-tu de protéger mes œufs si je te rendais tes doigts ? demanda le rapace.

— J'accepte, dit l'homme avec empressement.

L'oiseau le saisit alors à l'aide de ses serres et l'emporta au ciel. Puis il le laissa retomber. Lorsqu'il se releva, l'homme constata avec joie qu'il avait retrouvé ses doigts.

— J'ai le pouvoir de te donner tout ce que tu désires, déclara le rapace. Que souhaites-tu donc ?

— Des femmes ! dit l'homme.

L'oiseau s'envola et revint avec dix femmes dont il lui fit présent.

— Que veux-tu encore ?

— Plusieurs chevaux ! répondit l'homme.

Le rapace s'envola encore et rapporta vingt chevaux racés. L'homme demanda aussi de l'or et des captifs pour cultiver ses champs. L'oiseau lui accorda tout ce qu'il voulait. Et il fit de lui un roi.

— J'espère, dit le rapace, que tu te souviendras de tout ce que je t'ai donné. En échange, tu m'as promis de protéger mes œufs. Tiens ta promesse et veille bien sur eux.

Chaque matin, l'homme allait s'asseoir sous l'arbre où l'oiseau avait fait son nid. Comme il était devenu roi, des griots l'accompagnaient et faisaient de leur mieux pour le divertir. En fin de journée, il les récompensait en offrant à chacun le présent de son choix. Les griots choisissaient généralement quelques pièces d'or ou, parfois, une vache. Mais un soir, l'un d'eux exigea les œufs du rapace dont le roi avait la garde.

— C'est impossible, déclara le souverain. Choisis autre chose.

— Ce sont ces œufs que je veux, dit le griot.

— Non ! reprit le roi.

Alors tous ceux qui étaient présents protestèrent. Et les vieux sages déclarèrent que, si le griot maintenait sa demande, il faudrait couper l'arbre et lui donner les œufs.

— J'interdis qu'on y touche, s'écria le roi.

Pourtant, malgré son interdiction, les griots, armés de haches, commencèrent à couper l'arbre, très tôt le lendemain, pendant que le roi dormait encore. Le rapace était déjà parti chasser. Il entendit les coups de hache et retourna rapidement vers son nid. Il arriva au moment où l'arbre s'abattait, brisant les œufs dans sa chute.

Fou de rage, l'oiseau se rendit chez le roi qui venait de se lever. Il le saisit à l'aide de ses serres et l'emporta. Arrivé à l'endroit où il l'avait laissé tomber la première fois, il le lâcha de nouveau.

Lorsqu'il se releva, l'homme s'apperçut que ses doigts étaient comme par le passé, rongés par la lèpre.

— Tu ne retrouveras jamais ni tes doigts ni les biens que je t'avais donnés, dit l'oiseau, car tu n'as pas su tenir ta promesse.

8. Les deux voleurs

Deux voleurs habitaient le même village situé au bord du fleuve. Ils faisaient équipe depuis longtemps, mais ils n'avaient aucune confiance l'un envers l'autre.

Un jour, en fin d'après-midi, l'un des voleurs aperçut une caravane qui approchait du village. Il appela son camarade et lui dit :

— Des marchands arrivent. Tâchons de trouver un moyen pour leur voler quelque chose.

Les marchands venaient de loin et ils étaient très fatigués. Ils firent donc étape dans le village. Ils entravèrent leurs chameaux et, après un dîner frugal, allèrent se coucher.

Dès que les marchands furent endormis, les deux voleurs s'approchèrent en silence des chameaux et assommèrent le gardien. Ils détachèrent deux animaux qu'ils conduisirent près d'un puits tari se trouvant en dehors du village. Et ils déchargèrent les balles de marchandises qu'ils portaient. Puis ils fouettèrent les flancs des chameaux qui prirent la fuite et allèrent se perdre dans la brousse. Les deux voleurs jetèrent ensuite au fond du puits les balles de marchandises qu'ils avaient dérobées. Et ils retournèrent au village où ils ne firent aucun bruit pour éviter de se faire repérer.

Plusieurs semaines s'écoulèrent, durant lesquelles ils s'abstinrent de retourner au puits tari. Lorsque les habitants du village cessèrent de parler du vol, qui avait fait grand bruit, les deux voleurs estimèrent qu'ils pouvaient songer à revendre les marchandises.

Un matin, ils se rendirent donc au puits tari avant le lever du jour. Dès que les premières lueurs du soleil enflammèrent l'horizon, un des voleurs dit à son camarade :

— Descends dans le puits à l'aide de cette corde dont je vais tenir le bout. Dès que tu seras parvenu au fond, tu accrocheras successivement les autres balles de marchandises à la corde afin que je les hisse.

— Très bien, répondit l'autre.

Le voleur d'en haut remonta la première balle de marchandises. Puis la seconde et la troisième. Lorsque arriva le moment d'accrocher à la corde la quatrième balle, le voleur d'en bas, qui était prudent préféra remonter en même temps qu'elle. Aussi se cacha-t-il dans cette dernière balle.

— Tu vas devoir tirer très fort, cria-t-il à son camarade, car cette balle est la plus lourde des quatre.

— D'accord ! répondit l'autre.

Et il tira sur la corde de toutes ses forces. Dès que la dernière balle fut remontée, le voleur d'en haut décida de garder pour lui toutes les machandises. Persuadé que son camarade se trouvait toujours au fond, il saisit une grosse pierre qu'il jeta dans le puits. La pierre alla se fracasser au fond du puits en résonnant. Le voleur d'en haut tendit ensuite l'oreille. Comme il n'entendait plus aucun bruit, il en déduisit que la pierre avait tué son camarade.

C'est alors que le voleur d'en bas sortit de la balle de marchandises dans laquelle il s'était caché.

— Traître ! hurla-t-il, tu voulais me tuer pour tout garder.

— Non, dit l'autre.

— Tu mens !

— Mais non !

— Pourquoi as-tu jeté une grosse pierre au fond du puits ? demanda le voleur d'en bas en brandissant soudain un poignard.

Le voleur d'en haut devint blême en apercevant l'arme dont la lame aiguisée brillait au soleil.

— Épargne-moi, supplia-t-il. En échange, je te laisserai toutes les marchandises.

Le voleur d'en bas refusa. Il s'approcha pour poignarder son camarade qui saisit un bâton et réussit à le désarmer. Les deux hommes échangèrent ensuite des coups de poing et des coups de pied. Puis ils s'empoignèrent et roulèrent dans la poussière. Le corps-à-corps dura longtemps.

Les deux hommes se battaient sans songer au danger que représentait le puits. Ils frappaient sans cesse, se rapprochant lentement du trou béant qu'aucune margelle ne protégeait. Ils finirent par tomber dans le puits où ils moururent tous les deux.

9. La vengeance de l'orpheline

Une petite fille avait perdu sa mère. Elle vivait avec sa marâtre qui ne l'aimait guère. La marâtre avait sa propre fille qu'elle dispensait de presque toutes les tâches ménagères. Et la petite orpheline était toujours chargée des corvées les plus ingrates.

Elle se rendait chaque jour au fleuve pour

aller chercher de l'eau. En chemin, elle en profitait pour s'arrêter sur la tombe de sa mère, près de laquelle avait poussé un figuier.

— Ô figuier, disait-elle après s'être recueillie, baisse-toi !

Alors les branches de l'arbre s'abaissaient. L'orpheline faisait provision de figues, dont elle se nourrissait, car sa marâtre ne lui donnait pas grand-chose à manger.

Un jour, elle rapporta quatre figues à la case et les donna à sa demi-sœur. Celle-ci en mangea deux et offrit les deux autres à sa mère qui les trouva délicieuses.

— D'où viennent ces fruits ? demanda-t-elle.

— C'est moi qui les ai cueillis, répondit l'orpheline.

— Pourquoi ne nous en rapportes-tu pas plus souvent ? dit avec dureté la marâtre. Tu vas nous montrer où se trouve le figuier.

L'orpheline conduisit sa marâtre et sa demi-sœur jusqu'à l'arbre. La marâtre grimpa rapidement dans le figuier, s'assit sur une branche et commença à se gaver de fruits.

— Ô figuier, dit la petite orpheline, allonge-toi !

L'arbre se mit à croître. Au bout d'un moment, il fut si grand que la marâtre se trouva dans l'impossibilité d'en redescendre. Sa fille se mit à pleurer et appela des passants.

— Que se passe-t-il ? demandèrent ceux-ci.

— Ma mère se trouve dans cet immense figuier, leur déclara-t-elle. Il faut l'aider à redescendre.

— Nul ne peut grimper si haut, répondit un vieil homme qui n'avait jamais vu de figuier aussi grand.

Comment un figuier a-t-il pu atteindre cette taille ? demanda un autre homme.

— C'est ma demi-sœur qui l'a fait grandir en prononçant des paroles magiques.

— Est-ce vrai ? interrogea une femme.

— Oui ! dit l'orpheline. C'est grâce à ma mère, dont la tombe se trouve ici, que je possède ce pouvoir.

— Alors, fais reprendre une taille normale à ce figuier, dit le vieil homme.

La petite orpheline refusa. Tout le monde

la supplia et elle finit par se laisser convaincre. Elle regarda alors fixement la tombe de sa mère en disant calmement :

— Ô figuier, reprends une taille normale !

L'arbre rapetissa lentement. Devant un tel prodige, ceux qui se trouvaient là restèrent muets d'admiration. Lorsque le figuier eut enfin repris sa taille normale, la marâtre sauta de la branche où elle était assise. Et elle regagna sa case sans prononcer la moindre parole.

À dater de ce jour, elle traita la petite orpheline comme sa propre fille.

10. La patience

Deux jeunes rois, dont les royaumes respectifs s'étendaient de part et d'autre du fleuve, étaient amis et se rencontraient souvent.

Un jour où ils festoyaient, l'un d'eux déclara :
— Nous sommes encore célibataires. Nous devrions songer à nous marier.
— Oui, répondit l'autre.
— Tu as une sœur qui est très belle, déclara le premier. Accepterais-tu de me la donner ?
— Oui, mais à condition que tu m'accordes la main de ta propre sœur.

C'est ainsi que les deux rois devinrent beaux-frères. Ils l'étaient à double titre, puisque chacun d'eux avait épousé la sœur de l'autre.

Peu de temps après leurs mariages, les deux amis décidèrent que le premier qui aurait un fils recevrait de l'autre trois lions en or.

Le temps passa. Et un matin, l'épouse du premier roi mit au monde une fille. Au même moment, naissait un prince de l'autre côté du fleuve.

Le premier roi dut s'endetter pour réunir l'or nécessaire à la fabrication des trois lions. Lorsqu'ils furent prêts, il alla les remettre à son ami. Ce fut l'occasion de longues réjouissances.

Les deux rois continuaient de se voir chaque semaine. Leurs enfants grandissaient. Toutes les fois que le père de la princesse demandait à son ami des nouvelles de son fils, celui-ci répondait en plaisantant :

— Le prince vaut trois lions d'or. Et ta fille ?

— La princesse grandit, répondait l'autre invariablement.

Quelques années plus tard, le père du prince dit à son ami :

— Accepterais-tu que nos deux enfants se marient ensemble ?

— Oui, dit le père de la princesse. Mais quel est le montant de la dot* ?

— Choisis toi-même !

— La princesse vaut trois lions d'or.

— Très bien, dit le père du prince.

Il se leva alors et serra la main de son ami afin de sceller leur accord. Puis il le prit familièrement par le bras en ajoutant :

— Tu es l'homme le plus patient que je connaisse. Tu as su attendre le temps qu'ils fallait pour récupérer ton or.

* Chez les musulmans, c'est l'homme qui amène la dot destinée à sa future épouse.

11. Les deux frères

❈

Deux frères avaient coutume de chasser ensemble et ne revenaient jamais bredouilles. Mais le gibier vint à manquer. Comme ils n'avaient plus grand-chose à manger, les deux hommes maigrissaient à vue d'œil.

Un soir où ils rentraient sans avoir tué le moindre gibier, les chasseurs trouvèrent deux œufs, non loin du fleuve. Le puîné préféra attendre, car il savait qu'un œuf ne suffirait pas à calmer sa faim.

Le lendemain, les deux hommes furent à nouveau bredouilles et ils trouvèrent encore deux œufs. L'aîné en mangea un. Le puîné garda l'autre.

Il en fut ainsi durant toute la semaine. Le

puîné, qui se contentait chaque jour des fruits qu'il trouvait, posséda bientôt sept œufs.

Le matin du huitième jour, il eut l'agréable suprise de constater que ses œufs venaient d'éclore. Il était donc en possession de sept poussins qui grandirent rapidement. Six d'entre eux devinrent des poules. Et le septième un coq.

Très vite, les poules se mirent à pondre et le puîné dut construire un grand poulailler pour abriter toutes ses volailles. Il cessa alors d'accompagner son frère à la chasse pour se consacrer exclusivement à l'élevage des poulets.

L'aîné ignorait tout de cet élevage. Et il était surpris que son frère pût l'inviter à dîner chaque fois qu'il rentrait bredouille de la chasse. Un soir, n'y tenant plus, il décida de le questionner.

— Comment te procures-tu tout ce que tu m'offres à manger ? demanda-t-il.

Le puîné sourit et garda le silence.

— Tu ne veux pas répondre ? reprit son frère.

— Si! dit le puîné. Mais, avant je souhaiterais te poser à mon tour une question.

— Je t'écoute.

— Il y a quelques mois, nous avons trouvé des œufs. Qu'as-tu fait des tiens?

— Je les ai mangés! s'exclama l'aîné.

— Tu les a mangés! Mais moi, j'ai su garder les miens. Et grâce à mes sept œufs, je possède aujourd'hui un poulailler. Quelques petits sacrifices sont parfois nécessaires pour préparer l'avenir.

— Tu as raison, dit l'aîné.

Il abandonna à son tour la chasse pour travailler avec son frère. Et tous deux s'enrichirent rapidement.

12. Le chasseur et le roi

Un chasseur avait une femme qui ne l'aimait guère. Un jour où il rentrait chez lui en longeant le fleuve, il aperçut un rat. Comme il était bredouille, il décida de le poursuivre. Il eut vite fait de l'attraper.

— Épargne-moi, supplia le rongeur. Tu verras que tu n'auras pas à le regretter.

Et le chasseur l'emporta sans le tuer.

Un peu plus loin, il trouva une tortue.

— Ne me tue pas, dit-elle, car je peux te rendre de grands services.

Et l'homme l'emporta sans la tuer.

Il prit ensuite une tourterelle.

— Laisse-moi la vie sauve, dit l'oiseau, et je te révélerai le secret de certaines plantes.

Et le chasseur l'emporta sans la tuer.

Il arriva chez lui au crépuscule. Il entra dans sa case, bien décidé à en savoir plus sur les promesses faites par les animaux qu'il rapportait.

— Je vous ai laissés en vie, leur dit-il. Que m'offrez-vous en échange ?

— Je te montrerai comment t'introduire dans la maison de ton choix, sans que nul ne te voie, déclara le rat.

— Je transporterai sur ma carapace toutes les charges que tu voudras, poursuivit la tortue.

— Quant à moi, dit la tourterelle, je te donnerai plusieurs plantes qui guérissent les piqûres de scorpion ou de serpent.

La nuit même, le chasseur décida de s'introduire dans le palais du roi. Grâce au rat, il y parvint sans aucune difficulté. Il prit une grosse partie du trésor royal qu'il chargea sur la carapace de la tortue. Et celle-ci transporta tout jusqu'à sa case.

Le lendemain, le chasseur organisa une grande fête à laquelle il convia tous les habitants de son village. Comme sa femme insistait pour savoir d'où provenait cette soudaine richesse, il finit par lui en révéler l'origine. Elle informa le roi. Celui-ci envoya immédiatement ses soldats pour arrêter le chasseur qui fut roué de coups et jeté en prison.

Or, quelques jours plus tard, un scorpion piqua une des femmes du roi. Elle eut une forte fièvre contre laquelle les remèdes des médecins et des guérisseurs se révélèrent impuissants. Lorsqu'il apprit la nouvelle, le chasseur déclara à ses geôliers qu'il possédait le moyen de la guérir. Il fut conduit devant le roi. Bien qu'il doutât des talents du chasseur en matière de médecine, celui-ci décida de l'interroger.

— Connais-tu vraiment un remède qui guérisse les piqûres de scorpion ? demanda le souverain.

— Oui, répondit le chasseur.

— Quel est ce remède ?

— Pour le préparer, j'ai besoin de la cervelle d'une dénonciatrice.

Les soldats du roi allèrent chercher la femme du chasseur qui fut rapidement décapitée. Le chasseur demanda ensuite à s'isoler pour préparer le remède. Dès qu'il fut seul, il appela la tourterelle.

— J'ai besoin des plantes que tu m'as promises, lui dit-il.

— Oui, répondit l'oiseau.

La tourterelle vola à tire-d'aile et rapporta rapidement plusieurs plantes. Le chasseur fit bouillir de l'eau, y jeta les plantes et laisser infuser quelques minutes.

La femme du roi but la décoction et elle fut guérie. Le souverain intégra alors le chasseur à l'équipe des médecins du palais.

La légende dit que, dans ce royaume, nul ne revint jamais dénoncer au roi qui que ce fût.

13. L'oiseleur

Un adolescent se passionnait pour les oiseaux. Grâce aux pièges qu'il fabriquait et posait, il avait capturé toutes les espèces d'oiseaux existant dans le pays, à l'exception de la tourterelle. Il avait beau inventer de nouveaux pièges, la tourterelle parvenait toujours à les éviter.

Il décida un jour d'utiliser de la glu. Il en recouvrit les branches d'un arbre où l'oiseau avait coutume de se poser après s'être désaltéré dans le fleuve. La tourterelle ne se méfia pas et se fit prendre. Le garçon grimpa dans l'arbre et saisit avec satisfaction l'oiseau qu'il poursuivait depuis si longtemps.

— Tu t'es montré habile, lui dit la tourterelle.

— Oui, dit l'adolescent en resserrant son étreinte.

— Ne me tue pas ! implore l'oiseau. En échange, je ferai ton bonheur.

— Comment t'y prendras-tu ?

— Je te donnerai cent vaches.

— Je n'aime ni le lait ni la viande, déclara le garçon. Par contre, j'apprécie beaucoup la chair des oiseaux.

— Laisse-moi en vie et je ferai de toi un homme riche, dit la tourterelle.

L'adolescent accepta sa proposition et l'oiseau pondit un œuf.

— Casse cet œuf, dit la tourterelle. À l'intérieur, tu trouveras une bague. Passe-la à ton doigt. Chaque fois que tu désireras quelque chose, regarde-la en formulant tout haut ton souhait. Tu obtiendras ainsi tout ce que tu voudras.

— Je vais essayer, dit le garçon. Si tu m'as menti, je serai sans pitié pour toi.

Il cassa l'œuf, passa la bague à l'un de ses doigts et demanda de quoi manger. Aussitôt apparurent dix calebasses pleines de nourriture. L'adolescent fut émerveillé. La tourterelle ne l'avait pas trompé. Il réalisa soudain qu'il possédait, grâce à elle, le plus merveilleux des bijoux. Mais il voulut vérifier une seconde fois le pouvoir de la bague.

— Que mes parents viennent partager ce repas ! dit-il nerveusement.

À l'instant même, son père et sa mère se trouvèrent à ses côtés. Il relâcha alors la tourterelle en la remerciant.

Après avoir déjeuné, il retourna dans son village avec les siens. En chemin, les parents déclarèrent qu'ils étaient fatigués. Leur fils regarda sa bague et dit :

— J'ai besoin de trois chevaux.

Aussitôt apparurent trois splendides montures richement arnachées qui leur permirent de rentrer rapidement chez eux. Une fois arrivé, le garçon souhaita posséder la plus belle demeure du village. Une case d'une incomparable beauté sortit de terre et il s'y installa. Le lendemain, sa bague lui procura un grand troupeau de bétail. Il devint ainsi rapidement l'homme le plus riche de son village. Et il vécut tranquillement durant plusieurs années.

Mais des gens jaloux allèrent raconter au roi qu'un oiseleur possédait une bague merveilleuse. Le souverain décida de la lui prendre. Pour cela il se rendit chez l'oiseleur à la tête de ses soldats. Lorsqu'il les aperçut, celui-ci demanda à sa bague de lui fournir de quoi se défendre. Plusieurs milliers de soldats apparurent, qui ne tardèrent pas à décimer l'armée du roi.

Comme il n'avait pu s'emparer de la bague par la force, le roi voulut se l'approprier par la ruse. Il avait une fille que tout le monde trouvait fort belle.

— J'ai une mission à te confier, lui dit-il. Je connais un oiseleur possédant une bague qui le rend plus puissant que moi. Je voudrais que tu l'épouses afin de t'emparer de sa bague.

Le roi envoya donc sa fille chez l'oiseleur, en le priant de la prendre pour épouse. Celui-ci fut charmé par la beauté de la princesse et il l'épousa.

— Me feras-tu quelques présents ? demanda la princesse après le mariage.

— Oui, répondit le mari, je te donnerai cent captives.

— J'en possédais plus du double chez mon père, déclara-t-elle.

— Je t'offrirai aussi des bracelets et des colliers en or et en ivoire.

— J'en ai déjà beaucoup.

— Que souhaites-tu donc ?

— Je n'ai aucune bague, dit la princesse.

— Je t'en offrirai autant que tu voudras.

— Je veux celle que tu portes à ton doigt.

— C'est impossible, dit le mari.

— Puisque tu refuses, laisse-moi retourner chez mon père, dit la princesse en éclatant en sanglots.

L'oiseleur fit tout ce qu'il put pour la consoler. Mais en vain. Elle n'accepta de se calmer que lorsqu'il lui eut remis la bague.

— Comment fait-on pour s'en servir ? demanda-t-elle en souriant.

— Il suffit de formuler ton souhait à

haute voix pour qu'il soit immédiatement exaucé.

— Bague, dit alors la princesse, ramène-moi chez mon père.

Aussitôt, elle se retrouva près du roi. Et tous les biens que son mari avait obtenus grâce à la bague merveilleuse disparurent.

Cela surprit beaucoup les parents de l'oiseleur.

— Que se passe-t-il? demandèrent-ils avec inquiétude à leur fils.

— Ma femme s'est enfuie avec ma bague, répondit-il tristement.

— Il faut trouver un moyen pour la récupérer, déclara le père.

— Comment? se lamenta le fils.

Les deux hommes réfléchirent durant une semaine sans trouver la moindre solution. L'oiseleur était désespéré. Or, un matin où il posait des pièges, son chien lui déclara soudain qu'il pensait pouvoir lui rapporter la bague. L'oiseleur reprit espoir.

Le chien alla voir le chat.

— La bague de mon maître se trouve chez

la fille du roi, lui dit-il. Si tu ne me la rapportes pas dès demain, j'exterminerai toute la gent féline.

Le chat se rendit chez le rat et lui dit :
— Tu as l'habitude de t'introduire chez tout le monde pour subtiliser ce qui te plaît. Tu vas aller chez la fille du roi et lui prendre la bague qu'elle porte au doigt. Si tu ne me la rapportes pas avant demain matin, je te dévorerai ainsi que tous ceux de ta race.

Vers minuit, trois rats se rendirent chez la princesse et pénétrèrent en silence dans sa chambre. Elle dormait. L'un des rats lui chatouilla la plante des pieds pour voir si elle avait le sommeil profond. Elle ne réagit pas. Alors les deux autres rats lui ôtèrent la bague. Ils la portèrent ensuite au chat qui la remit au chien. Et celui-ci la rendit à son maître.

L'oiseleur redevint rapidement très riche. Comme il craignait qu'on ne lui subtilisât à nouveau sa bague, il la regarda en disant :
— Emmène-moi avec les miens loin de tous ceux qui pourraient m'attaquer.

C'est ainsi qu'il se retrouva avec sa famille sur une montagne inaccessible où ils vécurent heureux.

14. Les sots

Trois garçons étaient si sots qu'ils étaient constamment la risée de tout le village. Comme tout le monde les rejetait, ils se promenaient toujours ensemble.

Un matin, ils découvrirent un manguier couvert de fruits. Ils grimpèrent sur l'arbre, se gavèrent de mangues et en emportèrent quelques-unes avec eux.

Ils décidèrent ensuite d'aller dans la brousse. Chemin faisant, ils aperçurent quelques bandits qui approchaient. Chacun des trois sots se cacha rapidement. Le premier enfouit son visage entre ses mains et s'assit au bord du chemin. Le second s'allongea dans un fossé. Et le troisième se dissimula derrière de hautes herbes.

Seul le premier sot était visible. Les bandits se jetèrent sur lui et le malmenèrent. Effrayé, le second sot ne put s'empêcher de crier :

— Épargnez-moi, je vous en prie !

Les bandits l'attrapèrent et le malmenèrent à son tour. Puis ils fouillèrent les deux garçons pour les détrousser. Ils ne trouvèrent sur eux que quelques mangues qui avaient été écrasées au cours de la bagarre. Furieux, les bandits les assommèrent tous les deux.

— Où ont-ils pu trouver des mangues ? s'interrogèrent alors les bandits.

— Non loin d'ici, répondit le troisième sot qui était très bavard, se trouve un magnifique manguier.

Dès qu'ils l'entendirent, les bandits se ruèrent sur lui. Et il subit le même sort que ses deux camarades.

Lequel des trois est le plus sot ?

15. Les animaux reconnaissants

Un jour, une colonie de singes entra dans un champ appartenant à un jeune paysan. Celui-ci arriva au moment où les animaux commençaient à déraciner les plants d'arachides et à en manger les graines.

Le paysan portait un fusil. Il épaula, décidé à tuer les singes avant qu'ils aient entièrement dévasté son champ. Puis il se ravisa et s'abstint de tirer.

— Ces animaux, dit-il, appartiennent à Dieu et ils ne mangeraient pas mes arachides s'ils n'avaient pas faim!

Le paysan laissa la vie sauve aux singes et rentra chez lui.

La nuit suivante, les fourmis s'attaquèrent au mil qu'il gardait en réserve dans un sac. Et elles en emportèrent tout le contenu. Lorsqu'il s'en aperçut, le paysan prit de la paille et alla la disposer sur la fourmilière afin d'y mettre le feu. Mais il finit par renoncer à son projet.

— Ces insectes appartiennent à Dieu, dit-il, et ils n'auraient pas emporté mon mil s'ils n'avaient pas eu faim!

Le paysan ne brûla pas les fourmis.

Quelques jours après, il se trouvait près du fleuve, lorsqu'il entendit mugir une de ses vaches. La malheureuse venait d'être attaquée par un crocodile, alors qu'elle s'abreuvait. Le paysan prit son fusil et s'approcha pour tuer le crocodile. Mais il ne tira pas.

— Cet animal appartient à Dieu, dit-il, et

il ne mangerait pas ma vache s'il n'avait pas faim !

Le paysan ne tua pas le crocodile.

Une semaine après, il entendit du bruit dans son poulailler. Il sortit et aperçut un serpent qui venait d'avaler un de ses poussins. Il prit un bâton et s'approcha pour le tuer. Mais il y renonça.

— Cet animal appartient à Dieu, dit-il, et il n'aurait pas avalé un de mes poussins s'il n'avait pas eu faim !

Le paysan laissa donc le serpent en vie.

Or, cet homme avait un ennemi qui était très lié au roi. Un matin, décidé à se venger, ce dernier se rendit au palais royal. Il se plaignit du paysan et inventa plusieurs histoires qu'il conta longuement au souverain. Il mentait avec un tel aplomb et se posait si bien en victime que le souverain fut bientôt convaincu de la culpabilité du paysan.

Le roi convoqua alors le paysan et le condamna à quatre épreuves. La première consistait à cueillir tous les fruits d'un immense baobab qui se trouvait devant le palais royal. La deuxième à séparer des grains de mil de grains de sable. Le paysan devait ensuite retrouver une bague qu'une des femmes du roi avait perdue en se baignant dans le fleuve. Pour réussir la dernière épreuve, il lui fallait tuer un buffle en le regardant fixement.

— Je te donne une journée pour chaque épreuve, déclara le souverain. Si tu ne réussis pas chacune d'elles, tu seras condamné à mort.

Le malheureux paysan n'avait pas le choix. Il s'approcha du baobab. Mais il lui fut impossible d'y grimper tant l'arbre était grand.

— Les branches de ce baobab sont inaccessibles, protesta-t-il.

— Tu dois cueillir tous les fruits de cet arbre, si tu ne veux pas mourir, dit le roi avec fermeté. Tu as jusqu'à demain.

Plutôt que de tenter l'impossible, le paysan préféra se rendre une dernière fois dans son champ, car il était perduadé qu'il ne lui restait que peu de temps à vivre. En chemin, il rencontra le plus vieux des singes qui avaient dévasté son champ.

— Pourquoi es-tu aussi triste ? lui demanda l'animal en le dévisageant.

— Un ignoble individu, qui est l'ami du roi, a décidé ma perte, répondit l'homme avant de raconter ce qui lui arrivait.

— Calme-toi, dit le singe. Je n'ai pas oublié le jour où tu nous as laissé la vie sauve alors que nous venions de saccager ton champ. Aussi allons-nous t'aider.

Le lendemain, avant le lever du soleil, les singes grimpèrent dans le baobab et cueillirent tous les fruits qu'il portait. C'est grâce à eux que le paysan put réussir la première épreuve. Mais il n'était pas tiré d'affaire pour autant. Restaient trois épreuves.

Le matin du deuxième jour, l'ennemi du paysan fut chargé de préparer trois grandes calebasses de mil qu'il mélangea à trois grandes calebasses de sable. Le paysan devait trier le mélange avant le lendemain. Il n'avait aucune chance de réussir, car le temps qui lui était accordé était trop court. Aussi sanglotait-il tristement. C'est alors que la reine des fourmis l'entendit.

— Pourquoi pleures-tu ainsi ? questionna-t-elle.

— Il m'est arrivé malheur, répondit le paysan avant de lui raconter sa mésaventure.

— Ne t'inquiète pas, dit la fourmi. Je n'ai pas oublié le jour où tu as renoncé à brûler mà fourmilière bien que nous eussions volé ton mil. Je vais t'aider.

Sous la direction de leur reine, les fourmis se mirent rapidement à l'ouvrage et travaillèrent sans arrêt tout l'après-midi et toute la nuit. Au petit jour, elles avaient séparé les grains de mil des grains de sable. Grâce à elles, le paysan réussit la deuxième épreuve.

Le troisième jour, il devait retrouver une bague dans le fleuve. Comment y parvenir alors qu'il ne savait même pas nager ? Il s'était assis sur une pierre et regardait couler le fleuve en songeant à l'injustice dont il était victime. Totalement désemparé, il ne put contenir ses larmes. Mais soudain, un crocodile s'approcha de la rive où il se trouvait.

— Je vois que tu es triste, lui dit le crocodile.

— Oui, répondit l'homme. Je dois retrouver une bague qu'une des femmes du roi a perdue dans le fleuve. Si je n'y parviens pas, je mourrai.

— Tu n'as aucun souci à te faire, déclara le crocodile, car je n'ai pas oublié le jour où tu t'es abstenu de tirer sur moi alors que je dévorais une de tes vaches. Je t'aiderai donc.

Il plongea aussitôt et revint rapidement avec la bague qu'il déposa sur le sable de la berge. Le paysan la ramassa et la passa à un de ses doigts. Grâce au crocodile, il venait de réussir la troisième épreuve.

Le quatrième jour, un énorme buffle fut attaché à un piquet devant le palais royal. Le paysan évita de s'en approcher, car il savait qu'il était impossible de tuer le moindre animal en se contentant de le regarder fixement.

Il alla se promener dans la brousse, fermement persuadé qu'il ne lui restait pas longtemps à vivre. En revoyant les lieux où il avait passé toute sa jeunesse, il se mit à nouveau à pleurer.

— Que t'arrive-t-il ? lui demanda un serpent.
— Le roi m'a imposé de tuer un buffle en le regardant, répondit le paysan. Si l'animal ne meurt pas, c'est moi qu'il tuera.
— Je n'ai pas oublié le jour où tu m'as épargné alors que je venais d'avaler un de tes poussins, dit le serpent. Je suis le seul à pouvoir t'aider. Emmène-moi à l'endroit où se trouve le buffle que tu dois tuer. Tu le regarderas fixement pendant que je le piquerai.
— Très bien, dit le paysan en retrouvant son sourire.

Dès qu'ils furent arrivés devant le palais royal, le serpent se dissimula dans l'herbe qui se trouvait près du buffle. Puis le paysan appela le roi.
— Je suis prêt pour l'épreuve, déclara-t-il.
Le souverain s'approcha. Il était accompagné de l'ennemi du paysan.
— Vas-y ! dit le roi.

Le paysan se mit à fixer le buffle qui broutait tranquillement. Mais rien ne se passa.

— Il n'y arrive pas ! s'exclama avec satisfaction l'ennemi du paysan.

— Essaye encore, reprit le roi sur un ton ironique.

Le buffle broutait toujours et s'approchait lentement du serpent qui était immobile. Le paysan fixa à nouveau l'animal. Soudain, le serpent le piqua au museau. Le buffle ne tarda pas à chanceler sur ses pattes. Et il tomba lourdement dans l'herbe. Le souverain en resta muet d'admiration.

— Comment est-ce possible ? grogna avec colère l'ennemi du paysan.

Il bondit sans attendre vers le buffle pour voir s'il était vraiment mort. Dans sa précipitation, il marcha sur le serpent qui le piqua au pied. Et il mourut à son tour.

Persuadé que le paysan possédait le pouvoir de faire mourir les hommes et les animaux grâce à son seul regard, le roi se mit à trembler d'inquiétude.

— Épargne-moi, supplia-t-il.

Le paysan se contenta alors de sourire. Il retourna ensuite dans sa case en songeant que, sans l'aide de quelques animaux reconnaissants, il ne serait plus de ce monde.

Il vécut heureux et nul homme n'osa jamais plus s'en prendre à lui.

16. Les poltrons

Deux hommes étaient si peureux qu'on avait fini par les chasser de leur village. Ils s'étaient alors installés ensemble dans une case qu'ils avaient contruite en pleine brousse. Ils avaient aussi défriché un grand terrain qu'ils cultivaient pour se nourrir.

Un jour, ils eurent besoin de changer les

manches de leurs outils. Ils partirent donc à la recherche d'un grand arbre. Ils marchèrent longtemps avant d'en trouver un qui leur convînt.

— Les racines de cet arbre nous fourniront ce que nous cherchons, dit enfin l'un des deux hommes à son camarade. Tu vas monter dans l'arbre et surveiller les alentours pendant que je creuserai. Si tu aperçois le moindre danger, fais-moi signe.
— Oui, répondit l'autre. Si de ton côté tu vois quelque chose, préviens-moi vite.

Le guetteur grimpa dans l'arbre et celui qui devait creuser se mit à l'ouvrage. Au bout d'un moment, il vit plusieurs racines. Elles étaient si longues et si droites qu'il s'écria :
— Oh ! En voici plusieurs !
En l'entendant, le guetteur crut à un danger. Il sauta de l'arbre et prit ses jambes à son cou. Lorsqu'il le vit s'enfuir, son camarade abandonna sa pioche et le suivit. Tous deux coururent comme des forcenés et ne s'arrêtèrent qu'après avoir parcouru plusieurs kilomètres.

— Qu'as-tu donc aperçu ? demanda alors le guetteur à son camarade.

— Rien, répondit l'autre. Je n'ai pris la fuite qu'après t'avoir vu sauter de l'arbre.

— C'est bien toi qui as donné l'alerte ! insista le guetteur. Je t'ai entendu crier.

— Je n'ai poussé qu'un cri de joie au moment où j'ai trouvé plusieurs racines comme celles que nous cherchions.

— C'est justement ce cri qui m'a effrayé, dit le guetteur.

— Quant à moi, reprit l'autre, j'ai cru à un réel danger lorsque je t'ai vu prendre la fuite. Et je t'ai suivi.

Quel est le plus peureux des deux ?

17. Les deux malins

Un homme, que l'on disait fort malin, prit un panier et le remplit de vieux papiers. Puis il déposa par-dessus du sel en barre. Il disposa si bien sa marchandise que le panier donnait l'impression d'être rempli de sel.

Un autre homme, non moins malin, eut la même idée. Mais à la place du sel, il mit des tissus colorés. Son panier donnait ainsi l'illusion d'être plein de tissus.

Les deux hommes, qui avaient quitté leurs villages respectifs pour tenter de vendre leurs marchandises, se croisèrent un jour sur une route. Ils se saluèrent et s'arrêtèrent pour discuter un moment.

Lorsqu'il eut aperçu les tissus qui dépassaient du panier du second marchand, le premier lui dit :

— Dans mon village, les femmes sortent sans pagnes, car elles ne trouvent plus de tissus à acheter.

Cela fit rire aux éclats le second marchand qui crut avoir trouvé l'occasion de réaliser une affaire.

— C'est de sel que nous manquons dans mon village, répondit-il. Aussi mangeons-nous de la nourriture très fade.

Le premier marchand éclata de rire à son tour. Lui aussi pensait pouvoir faire une bonne affaire.

Alors les deux hommes se proposèrent d'échanger leurs marchandises. Chacun d'eux accepta avec d'autant plus d'empressement qu'il avait son propre panier vide. Après l'échange, les deux marchands se séparèrent rapidement et regagnèrent leurs villages respectifs.

Sitôt rentrés, ils vérifièrent ce que contenaient leurs paniers. Et chacun d'eux s'écria :
— Je me suis fait rouler !

18. Les trois frères et le vieillard

Il était une fois trois frères dont l'aîné venait de se marier. Au bout de trois mois, il disparut mystérieusement.

Le deuxième frère épousa alors sa belle-sœur. Il vécut auprès d'elle durant trois ans et il disparut lui aussi subitement.

La veuve était belle. Aussi le troisième frère

décida-t-il de l'épouser à son tour, malgré l'avis défavorable de ses parents qui tenaient leur belle-fille pour responsable de la mort de ses deux premiers maris.

Le troisième frère prit donc la route pour rejoindre le village où habitait sa belle-sœur. En chemin, il rencontra un vieillard en guenilles qui transportait péniblement un énorme fagot. Ce vieil homme était le père de sa belle-sœur. Il s'était déguisé en mendiant afin que nul ne le reconnût.

— Veux-tu que je t'aide à transporter ton bois ? demanda le jeune homme qui avait bon cœur.

— Non, répondit le vieillard.

— Je tiens à t'aider, dit le jeune homme, car tu es beaucoup trop âgé pour porter une charge aussi lourde.

Il prit le fagot. Et les deux hommes cheminèrent côte à côte.

— Où vas-tu ? demanda soudain le vieillard.

— Jusqu'au prochain village où je compte me marier, répondit le jeune homme.

— Te marier ?

— Oui, avec une femme qui fut successivement l'épouse de mes deux frères. Comme ils ont disparu, j'ai décidé de l'épouser à mon tour.

— Sais-tu dans quelles circonstances tes frères ont disparu ? interrogea alors le vieillard.

— Non ! Je n'en ai pas la moindre idée !

— Souhaites-tu connaître les raisons de leur disparition ?

— Oui ! s'exclama le jeune homme.

— Ton frère aîné longeait un jour un des mes champs, alors que j'étais en train de labourer. Soudain, j'eus une difficulté avec mon attelage. Je l'appelai. Il me regarda et tourna ostensiblement la tête. J'eus beau crier, il ne prêta aucune attention à mes appels. L'attitude de ton frère me surprit vraiment, car je ne lui avais fait jusque-là que du bien. Un homme ne doit-il pas aide et assistance à son prochain ? D'autant plus quand celui-ci est son beau-père. Après cet incident, je voulus en savoir plus sur ton frère aîné. Je m'arrangeai pour le mettre encore à l'épreuve à deux reprises. Il ne manifesta à mon égard qu'indifférence et mépris. Aussi décidai-je de l'éloigner de ma fille. Et je le transformai en crapaud. Il eut tellement honte de sa nouvelle apparence qu'on ne le revit jamais. Ton second frère me sembla plus intéressant que l'autre. Mais je finis par m'apercevoir qu'il n'était pas vraiment différent de l'aîné. Je le mis lui aussi à l'épreuve. Il ne valait pas mieux ! Je le transformai alors en fourmi. Lorsque j'appris que tu allais à ton tour épouser ma fille, j'éprouvai une certaine crainte. Et je décidai de te mettre à l'épreuve avant le mariage. C'est la raison pour laquelle je me trouvai sur ton chemin, vêtu de loques et le dos courbé sous une énorme charge. Tu as eu pitié en me voyant et tu n'as pas hésité à m'aider. J'en déduis que tu es bon et serviable. Je vais donc te laisser épouser ma fille et vivre tranquillement avec elle. Après la noce, je vous donnerai une grosse partie de ma fortune, car on n'a plus besoin de grand-chose à mon âge.

Le jeune homme épousa sa belle-sœur et tous deux vécurent heureux.

19. Les quatre orphelins

Une petite fille et ses trois frères vivaient seuls depuis la mort de leurs parents. Suivant les saisons, les garçons chassaient, pêchaient ou cultivaient les champs que leur avait laissés leur père. La petite fille nettoyait la case et cuisinait la nourriture ramenée par ses frères.

Un jour où les trois garçons étaient partis pêcher au bord du fleuve, un aigle immense fondit sur la petite fille, la saisit entre ses serres et l'emporta. Après l'avoir déposée dans son nid qui se trouvait au sommet d'une montagne escarpée, le rapace lui dit :

— Je souhaite t'épouser. Je ne te ferai aucun mal si tu acceptes de devenir ma femme. Réfléchis à ma proposition. Tu me donneras ta réponse lorsque je serai rentré de la chasse.

Et il s'envola. La petite fille se mit alors à pleurer en songeant à son triste sort.

Durant ce temps, les trois garçons étaient rentrés de la pêche. Ils appelèrent leur sœur pour lui montrer les gros poissons qu'ils rapportaient. Comme elle ne répondait pas, ils pénétrèrent dans la case. Surpris de ne pas l'y trouver, ils pensèrent qu'elle était allée chercher de l'eau. Et ils l'attendirent.

Voyant qu'elle tardait à revenir, ils interrogèrent quelques femmes qui rentraient avec leurs jarres. Mais aucune n'avait vu la petite fille. Les trois frères commencèrent alors à s'inquiéter.

— Je vais attendre ici pendant que vous

ferez des recherches aux alentours du village, dit l'aîné des garçons.
— Oui, approuvèrent les deux autres.

Dès qu'ils furent partis, l'aîné s'allongea et s'endormit. Puis il se mit à rêver. Il était dans une pirogue et remontait le fleuve avec ses frères. Il aperçut soudain une montagne au sommet de laquelle se trouvait un nid d'aigle. Dans ce nid sanglotait sa jeune sœur. Il s'apprêtait à l'appeler pour la rassurer lorsqu'il fut réveillé par ses frères qui revenaient.
— Avez-vous trouvé un indice ? demanda-t-il.
— Pas le moindre, répondirent les deux autres.
— Pendant que vous effectuiez vos recherches, reprit l'aîné, j'ai fait un rêve.
Et il leur raconta ce qu'il avait vu.
— Prenons la pirogue de notre père et allons délivrer notre petite sœur, s'écria le second frère.
— J'emporte un fusil pour supprimer cet aigle, ajouta le troisième garçon.

Ils mirent rapidement la pirogue à l'eau

et ramèrent avec force pour remonter le fleuve. Arrivé au pied de la montagne, le second frère grimpa jusqu'au nid du rapace et il aida sa sœur à redescendre.

Lorsque l'aigle rentra de la chasse, il vit que la petite fille avait disparu. Furieux, il partit aussitôt à sa recherche. En survolant le fleuve, il l'aperçut dans la pirogue avec ses deux frères. Il fondit sur eux pour les faire chavirer, mais le troisième garçon eut le temps de tirer avec son fusil et de l'abattre.

Les trois frères récupérèrent la dépouille du rapace qu'ils chargèrent dans la pirogue. Ils la ramenèrent au village et tous les villageois vinrent l'admirer.

Le lendemain, une des voisines des trois garçons prépara un bon repas et les invita à déjeuner.

— Il faut fêter votre exploit, leur dit-elle.

Les trois garçons en convinrent et acceptèrent son invitation. Ils se rendirent donc chez elle en compagnie de leur jeune sœur. Et tout le monde se régala. Lorsque la voisine eut servi le dessert, qui paraissait succulent, l'aîné des frères déclara :

— Moi seul ai droit à ce dessert, car sans mon rêve nous n'aurions pas pu retrouver notre sœur.

— Tu oublies que c'est moi qui ai escaladé la montagne et ramené notre sœur, répliqua le deuxième frère. Je mangerai donc seul ce dessert.

— Pas du tout! déclara le troisième. Si je n'avais pas tué l'aigle, nous ne serions plus de ce monde. C'est moi, et moi seul, qui mangerai ce dessert.

Il tendit alors le bras vers le plat. Mais il était vide. Pendant que les trois garçons se disputaient, leur sœur avait tout avalé.

20. La petite fille sauvée par les animaux

Un jour, une petite fille disparut mystérieusement. Sa mère eut beau la chercher, elle ne parvint pas à la retrouver. La disparition de sa fille l'attrista tant qu'elle pleurait sans arrêt jour et nuit.

Or, cette femme était l'amie des animaux.

— Pourquoi es-tu aussi triste ? lui demanda le chat.
— Ma fille unique a disparu, répondit-elle en sanglotant.
— Je vais faire de mon mieux pour la retrouver, déclara le chat.

Il partit sans tarder à la recherche de l'enfant. Il fouilla toutes les cases du village. Comme il ne trouvait rien, il alla voir le chien.
— La fille de ma maîtresse a disparu, lui dit-il. Acceptes-tu de m'aider à la retrouver ?
— Oui, dit le chien.
Et il se rendit dans tous les villages des environs. Mais il revint bredouille.

Le chat alla ensuite chez le bélier.
— Toi qui connais tous les champs qui entourent notre village, lui dit-il, regarde si la fille de ma maîtresse ne se trouve pas dans l'un d'eux.
Le bélier chercha en vain toute la journée. Le lendemain, le chat parla au bœuf qui fit lui aussi de longues recherches dans la brousse.

— Je n'ai pas retrouvé la fille de ta maîtresse, dit-il avec regret lorsqu'il fut de retour.

Le chat interpella enfin l'aigle.
— Tu sais tout ce qui se passe dans le ciel, lui dit-il. Regarde si la fille de ma maîtresse ne s'y trouve pas.

L'aigle s'envola, tournoya dans les airs et monta si haut qu'il fut bientôt caché par les nuages. C'est alors qu'il aperçut la petite fille qui était prisonnière d'un génie. Lorsqu'il redescendit, il trouva les autres animaux qui s'étaient réunis pour l'attendre.

— L'as-tu retrouvée ? interrogèrent-ils.
— Oui, répondit l'aigle. Mais je n'ai pu la ramener car un génie la retient prisonnière.
— Qu'allons-nous faire ? demanda le chat.
— J'ai rencontré un oiseau qui m'a donné une information, déclara l'aigle.
— Parle ! s'exclamèrent les autres animaux.
— Voilà ! reprit l'aigle. Pour délivrer la petite fille, il faut tuer le génie. Mais la vie du génie se trouve au fond du fleuve. Au fond du fleuve, il y a un rocher. Dans ce rocher, une antilope. À l'intérieur de cette antilope, une tourterelle. Le ventre de cette tourterelle

contient un œuf. Pour supprimer le génie, il nous faut cet œuf.

Les animaux gardèrent le silence quelques instants. Puis le chat s'adressa au bœuf.

— Parmi nous, tu es celui qui boit le plus, lui dit-il. Tu peux donc assécher le fleuve.

— Je vais essayer, répondit le bœuf.

Et il but tout le fleuve. Dans le lit à sec, le chat aperçut un rocher.

— Tes coups de cornes sont redoutables, dit le chat au bélier.

— C'est ce que j'ai toujours entendu dire, répondit modestement celui-ci.

Il fonça tête baissée sur le rocher et le fendit du premier coup. Une antilope en sortit et prit rapidement la fuite.

— À toi de jouer, cria le chat à l'adresse du chien.

Le chien poursuivit l'antilope, réussit à la rattraper et à la tuer. Les autres animaux la dépouillèrent. Et une tourterelle en sortit, qui s'envola.

— Toi seul possèdes des ailes, constata le chat en regardant l'aigle. Ne la laisse pas s'échapper.

L'aigle prit son envol et fondit sur la tourterelle qu'il rapporta. Celle-ci ne tarda pas à pondre un œuf et put ainsi avoir la vie sauve.

L'aigle saisit délicatement l'œuf entre ses serres et monta très haut dans le ciel. Lorsqu'il aperçut le génie, il lui lança l'œuf sur la tête. Et le génie mourut.

Sans attendre, l'aigle récupéra la petite fille et la ramena sur terre. Elle fut très heureuse de retrouver sa mère, qui remercia longuement les animaux.

Table des matières

Avant-propos	233
1. La naissance du fleuve	235
2. Le champ du génie	243
3. La traversée du fleuve	247
4. Les deux sœurs	251
5. Le prince et le caïman	255
6. Les menteuses	267
7. La promesse	269
8. Les deux voleurs	273
9. La vengeance de l'orpheline	279
10. La patience	283
11. Les deux frères	287
12. Le chasseur et le roi	291
13. L'oiseleur	295
14. Les sots	303
15. Les animaux reconnaissants	305
16. Les poltrons	315
17. Les deux malins	319
18. Les trois frères et le vieillard	321
19. Les quatre orphelins	325
20. La petite fille sauvée par les animaux	331

Jean Muzi

L'auteur est né en 1948 à Casablanca. Après une enfance marocaine, il fait des études de lettres, de cinéma et d'arts plastiques à Paris.

Il a longtemps conçu et réalisé des films industriels avant de s'orienter vers le multimédia et la réalisation de documentaires. Homme d'images, il aime aussi les mots. Et ses activités oscillent entre l'écriture et le film.

« Je rencontre mes lecteurs dans les bibliothèques, les écoles ou les collèges. J'aime échanger avec eux et je réponds à toutes leurs questions. Je leur lis toujours des textes que je viens d'écrire. Le plaisir de dire se mêle alors au besoin de tester en direct. J'anime aussi des ateliers d'écriture. J'apprécie particulièrement les moments de créativité collective où les enfants font preuve d'une grande imagination. »

Du même auteur, en Castor Poche :
Dix-neuf fables de renard, n° 59 ;
16 contes du monde arabe, n° 70 ;
Dix-neuf fables du roi lion, n° 90 ;
Dix-neuf fables du méchant loup, n° 192 ;
Dix-neuf fables d'oiseaux, n° 287 ;
19 fables de singes, n° 387.

Rolf Weijburg

L'illustrateur de l'intérieur est un artiste hollandais, né en 1952. Il vit dans une vieille maison au pied de la plus haute tour des Pays-Bas, à Utrecht.

Là, dans son atelier, il travaille sur ses eaux-fortes et ses dessins qu'il expose ensuite dans les galeries aux Pays-Bas et ailleurs.

Il aime beaucoup voyager, et ses voyages, qui l'ont souvent mené à travers l'Afrique, constituent un sujet important de ses œuvres. Il a lui-même longé le grand fleuve Niger à plusieurs endroits et a illustré ces contes avec beaucoup de plaisir.

Daniel Pudles

L'illustrateur de la couverture est né en 1958 à Paris. Après des études à l'École Supérieure d'Art Graphique, il travaille comme infographiste, et comme illustrateur pour la presse. En 1993, il s'installe à Londres, où il poursuit son métier d'illustrateur, et travaille pour l'édition jeunesse et adulte. Il vient de publier son premier album pour enfants aux États-Unis.

Vivez au cœur de vos
passions

CASTOR POCHE

- Policier
- Humour
- Théâtre
- Aventure
- La vie en vrai
- Passion cheval
- Histoires d'ailleurs
- Voyage au temps de...
- Contes, Légendes et Récits

10 nouvelles fantastiques
de l'antiquité à nos jours

PRÉSENTÉES PAR ALAIN GROUSSET

CONTES, LÉGENDES, ET RÉCITS — CASTOR POCHE

10 nouvelles fantastiques
De l'Antiquité à nos jours
Présentées par Alain Grousset

n°1013

De Pline le Jeune à Stephen King, en passant par Edgar Poe ou Guy de Maupassant, on retrouve ce même goût du frisson... Les hommes ont toujours aimé se raconter des histoires pour se faire peur.
Des histoires de fantômes, de diables, mais aussi de téléphones portables machiavéliques.
10 nouvelles pour trembler...

Les années ●●● COLLEGE ●●●

avec **CASTOR POCHE**

14 contes du Québec
Jean Muzi
n°1011

Au Québec, pays des Indiens et des bûcherons, on croise aussi des princesses ou des renards rusés. Qui a inventé le sirop d'érable ? Pourquoi la grenouille a-t-elle des pattes arrière aussi longues ? Le diable est-il vraiment le plus malin ? 14 contes pour apprendre à connaître ce pays et se rendre compte que, comme partout, la malice triomphe de la sottise...

Les années
●●● COLLEGE ●●●

avec **CASTOR POCHE**

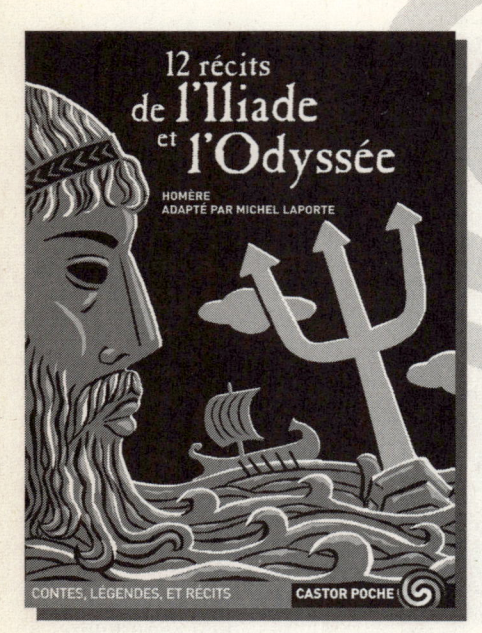

12 récits de l'Iliade et l'Odyssée
Homère
Adapté par Michel Laporte

n°982

Le récit des combats d'Achille et Hector durant la guerre de Troie est aussi passionnant à lire qu'il l'était à entendre dans l'Antiquité grecque. Et l'extraordinaire épopée d'Ulysse suscite la même fascination qu'il y a trois mille ans !
Il faut dire qu'il se passe toujours quelque chose avec ces personnages à la fois fragiles et forts : ils sont si humains !

Les années ●●● COLLEGE ●●●

avec **CASTOR POCHE**

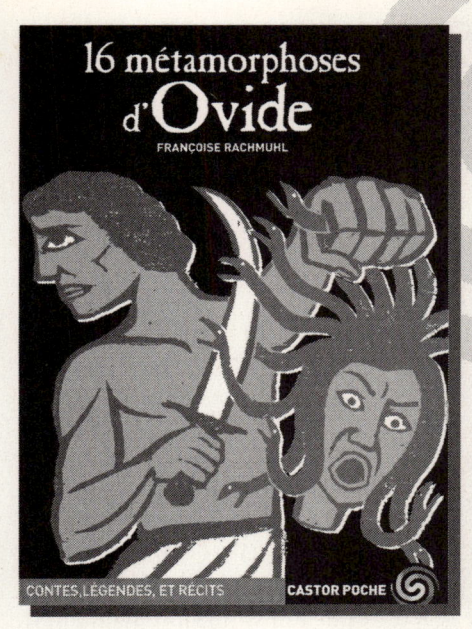

16 métamorphoses d'Ovide
Françoise Rachmuhl
n°943

En contant les métamorphoses des dieux et des hommes, Ovide nous entraîne aux côtés des divinités et des héros les plus célèbres de l'Antiquité. Jupiter critique les hommes, mais il aime les femmes, Narcisse adore son propre reflet, Persée enchaîne les exploits tandis que Pygmalion modèle une statue plus vraie que nature...

Les années COLLEGE

avec **CASTOR POCHE**

12 contes de Bretagne
Jean Muzi
n°1071

D'après certaines légendes, les fées, en quittant la Bretagne, versèrent tant de larmes qu'elles créèrent le golfe du Morbihan... On les comprend, tant cette belle terre recèle de trésors... On y trouve aussi bien des esprits maléfiques que des lutins bienveillants, et le bien, la bonté, l'honnêteté et la générosité y sont toujours récompensés...

Les années ●●● COLLEGE ●●●

avec **CASTOR POCHE**

Les animaux, toute une histoire...
Présenté par Anne de Berranger

n°1073

Le renard apprivoisé du Petit Prince, la gentille couleuvre de Jean de La Fontaine ou la pauvre chèvre de Monsieur Seguin, ces "héros-animaux" nous donnent parfois bien des leçons!
Une invitation à plonger au cœur des textes et à découvrir les aventures extraordinaires de ces animaux qui, en prose ou en vers, nous soufflent leurs secrets.

Les années ●●● COLLEGE ●●●

avec **CASTOR POCHE**

Finn et les pirates 1
Paul Thiès

n°997

Finn Mc Cloud est employé comme mousse sur le *Cordélia*, un navire en partance pour les États-Unis. Lors d'une escale au Brésil, il rencontre Anne, la plus belle fille du monde, mais aussi la plus dangereuse... Elle est en effet la fille d'un célèbre pirate. Avec ses amis, Sara et Miguel, elle a décidé de suivre les traces de son père... Finn se trouve entraîné dans leurs aventures...

Les années ●●● COLLEGE ●●●

avec **CASTOR POCHE**

Le col des Mile Larmes
Xavier-Laurent Petit

n°979

Galshan est inquiète : cela fait plus de six jours que son père, chauffeur d'un poids lourd qui sillonne l'Asie, aurait dû rentrer de voyage. La jeune fille rêve de lui toutes les nuits. Tout le monde pense que Ryham a péri lors de la traversée du col des Mille Larmes, ou qu'il a été victime.

Galshan, elle, sait que son père est en vie.

Les années ●●● COLLEGE ●●●

avec **CASTOR POCHE**

La baie des requins
Daniel Vaxelaire

n°931

Bastien habite sur une île perdue au milieu de l'océan: la vie est douce, loin de la France et du roi louis... Jusqu'au jour où un cadavre est découvert dans le bureau de son père, que tout accuse. Ce coupable idéal semble arranger bien des gens, mais Bastien, lui, refuse une telle injustice! Il va se battre pour son père, aidé par une bande de pirates...

Les années ●●●COLLEGE●●●

avec **CASTOR POCHE**

Charlie la plume
KATE PENNINGTON

AVENTURE — CASTOR POCHE

Charlie la Plume — n°1053
Kate Pennington

Angleterre, XVIIIe siècle.
Abandonné à la naissance, Charlie a grandi en battant le pavé. Depuis son plus jeune âge, il fréquente des crapules, et tout le destine à devenir un voleur de grand chemin. Mais à 14 ans, Charlie la Plume sait qu'il faut se méfier de tout le monde. Surtout lorsqu'on est le détenteur d'un lourd secret. Qui se cache derrière Charlie la Plume?

Les années COLLEGE

avec **CASTOR POCHE**

Cet
ouvrage,
le neuf cent
deuxième
de la collection
CASTOR POCHE
a été achevé d'imprimer
sur les presses de l'imprimerie
Maury-Imprimeur
Malesherbes - France
en septembre 2009

Dépôt légal : novembre 2002
N° d'édition : L.01EJENFP1629.A004
Imprimé en France
ISBN : 978-2-0816-1629-5
ISSN : 0763-4544
Loi N° 49-956 du 16 juillet 1949
sur les publications destinées à la jeunesse